엄마와

헤어지는

중입니다

이 책은 '2024 NEW BOOK 프로젝트-협성문화재단이
당신의 책을 만들어드립니다.' 선정작입니다.

엄마와
헤어지는
중입니다

이강선

세상 모든 엄마와 딸에게

건네는 위로

엄마가 주인공인 글을 쓰고 싶었다.

늘 생의 가장자리를 맴돌았던, 그래서 추웠을 엄마에게 고맙다는 인사를 전하고 싶어서다. 나는 엄마 인생을 담을 수 있는 그릇이 없어서 허둥거렸고 그래서 지우고 새로 쓰기를 거듭했다. 엄마의 오늘을 쓰기엔 아름답지 않았고, 내일을 쓰기엔 미덥지 않았다. 남편과 아들, 딸까지 잃은 엄마의 현재를 기록하는 일은 매 순간 번뇌를 떨치기 위해 염주를 굴리는 행위이고 아들을 잃은 성모 마리아에게 바치는 묵주를 부여잡은 기도였다. 나는 그저 손끝에서 알알이 만져지는 엄마의 일상을 종이에 가만히 옮겼다. 엄마의 과거는 당신을 지켜보았던 내 기억 속 엄마로만 현존하게 했다. 기억 대부분이 음식 이야기인 건 그 시절이 너무 배고팠기 때문이다.

가난한 어린 시절은 나를 늘 깨어 있게 했다. 그래서 유년의 기억들이 선명하고 생생하다. 그즈음 배고픔뿐만 아니라 불안이나 슬픔 같은 감정도 깊이 각인되어 있다. 그렇다고 그 시절이 늘 힘들었던 것은 아니다. 가난했지만 부끄럽지 않았다. 엄마가 삶의 최전선에서 싸우며 버텨 주었으니, 작은 행복이나 기쁨을 더 절실하게 느꼈다. 지금은 상실했기에 더 가슴 저릿한 기억을 붙잡아 두고 싶어서 이 글을 썼다. 기억을 기록했으니 언제든 들춰볼 수 있는 보험에 가입한 셈이라 얼마간은 놓아줘도 되겠다는 안도감이 든다.

엄마 이야기를 쓰면서 오히려 내 감정을 더 자세히 들여다보게 되었다. 그동안 슬픔을 유보하고 불안을 외면하면서 살았다. 그래야 되는 줄 알았다. 열심히 달리다 문득 돌아보니, 마치 높은 장대에 '슬프고 고독한 의자'를 걸어 두고 다가가지 못한 채 바라보고만 있는 모양새였다. 슬픔을 떠나보내려고 아무리 애써도 꿈쩍도 안 하더니, 오히려 그 의자에 앉아 쓰고, 이야기하고, 어루만지다 보니 이제 견딜 만하다.

가끔 쓴 글을 한 권의 책으로 엮으면서 나는 날마다 거울을 닦았다. 거울에 비친 내 슬픔이 말갛게 증류되길 바라면서. 이 책을 읽는 누군가도 거울에 반사된 자기 모습을 보고 삶이 좀 가벼워지길 바란다. 노화와 죽음이라는 모든 인간의 숙제 앞에서 불안을 떨치고 잠시라도 편안해졌으면 좋겠다.

내가 사랑하는 사람들의 임종을 지키게 된 건 '벌'이 아니라 '잘 가라는 인사'를 전할 기회였음을, 내가 엄마를 보호하고 지키고 있는 것이 아니라 여전히 엄마가 오늘의 나를 지탱하고 있음을 너무 늦지 않게 깨달아서 다행이다. 끝까지 엄마에게 감사할 일만 가득하다. 내 유년을 반짝이는 것들로 채워 주었던 언니와 오빠와의 이별은 아직 진행형이지만, 그네들과 함께 걸어온 시간에 감사한다. 다시는 돌아갈 수 없는 아버지의 무릎과 엄마와 헤어지고 있는 이 순간이 벌써 그립다.

좋은 부모가 아니어서 늘 미안했다. 그래도 내 진정한 바람이 무엇인지 알게 해 준 큰딸과 퇴근 후 펜을 꾹꾹 눌러서 배운 적도 없는 그림을 그려 이 책의 무게를 함께 받쳐 준 작은딸에게 고맙다는 말을 전하고 싶다. 이 글을 쓸 수 있도록 배려하고 용기를 준 가족과 친구들에게 사랑을 보낸다. 또한 쓰지도 않았는데, 만날 때마다 "책이 언제 나옵니까?"라고 물어 준 스승 이국환 교수님께 감사를 전한다.

엄마와 헤어졌거나, 지금 헤어지는 중이거나, 앞으로 헤어질 사람들에게 이 책을 바친다.

차례

1

날마다 반짝이는
슬픔

엄마의 엔딩노트를 이어 나가며

나는 지금 엄마와 잘 헤어지는 중일까?

엄마가 둥지를 틀었던 공간에 홀로 우두커니 앉아 있으니, 시간이 멈춘 듯 적막하다. 함께 부대끼던 시간이 종잇장처럼 얇아져서, 쌓이다가 흩어진다. 아쉬운 마음에 스스로 질문해 본다.

'왜 그렇게 엄마의 홀쭉하니 가벼워진 무게조차 힘겨워했던가?'

'출근길에 엄마 집 번호 키를 누를 때마다 느꼈던 두려움은 무엇이었나?'

'퇴근 후 엄마의 저녁 식사를 챙기려고 뛰듯이 걸을 때, 일찍 하늘나라로 돌아가 버린 언니와 오빠를 원망했었나?'

'저녁 운동 후 몸이 노곤해진 나에게, 외로웠던 하루를 풀어 놓는 엄마의 수다를 나는 진심으로 기꺼워했던가?'

봄볕이 쏟아지는 오늘, 엄마를 요양병원에 버리다시피 두고 도망쳐 나왔다. 열흘 전, 날이 좋아서 바람을 쐬어 드리려고 함께 산책을 나갔다가 사고를 당했다. 휠체어에 앉은 엄마의 발이 감각이 없어서 미끄러져 내렸는데, 뒤에 있던 나는 이를 모른 채 그냥 앞으로 나아갔다. 엄마는 발목뼈에 금이 가서 깁스를 했고, 침상 옆 변기도 사용할 수 없어서 기저귀를 차야 했다. 며칠 지나지 않아 꼼짝하지 않고 종일 푹신한 침대에 누워 있는 엄마 엉덩이에 시커먼 반점이 생겨났다. 이틀 뒤부터는 껍질이 벗겨지더니 상처가 독버섯처럼 피어나 걷잡을 수 없이 번져 갔다. 암보다도 무섭다는 욕창이었다. 직장에 반일 연가를 내고, 아침에 엄마를 모시고 병원에 갔다. 의사가 말했다.

"입원 치료는 가능한데, 보호자가 24시간 상주하면서 10분마다 환자의 몸을 이쪽저쪽으로 뒤척여 줘야 합니다. 그렇지 않으면 입원 치료를 해도 점점 더 나빠질 가능성이 커요."

평소에는 믿고 의지하던 의사 선생님도 절박할 때는 별로 도움이 되지 못했다. 치료 기간이 얼마나 걸릴지 몰라 선뜻 무급 휴가를 낼 수도 없고, 경제적으로 부담스러운 간병인 고용도 망설여지긴 마찬가지였다.

엄마는 수십 년간 당뇨병을 앓고 있어 상처가 나면 잘 낫지 않는다. 걱정되고 다급한 마음에 재활병원을 찾아갔다. 그곳에서도 앞서 방문했던 병원 의사와 비슷한 설명을 듣고 나니 더 이상 차분함을 유지하기가 어려웠다. 어떻게든 하루라도 빨리 욕창을 치료하지 않으면 생명까지 위험하겠다는 생각에 발걸음이 비틀거렸다. 여러 곳에 전화를 걸어 보았지만, 당장 엄마를 받아 주겠다는 곳은 집 근처 요양병원뿐이었다. 뛰다시피 달려간 요양 병원에서 입원 전 상담사의 긴 설명이 이어졌다. 급한 마음에 꼼 꼼히 읽어 보지도 않고 몇 장의 동의서에 사인을 했다. 지금 생각 해 보니 낙상 위험에 대비해 엄마 손발을 침상에 묶어도 좋다는 동의서도 있었지 싶다. 그건 동의하지 말았어야 했다는 때늦은 후회가 밀려왔다.

시계를 보며 계속 마음을 졸이던 나는 직장에 전화를 걸어 반일 연가를 종일 연가로 바꾸었다. 집으로 돌아와 입원에 필요 한 짐을 챙기면서 그동안 내가 알아채지 못한 점이 있다는 것을 깨달았다. 엄마는 아들과 딸을 먼저 보내고 죽을 날을 기다리는 노인이 아니었다. 연명이 아니라 매 순간이 중요한 현재의 삶을 살고 있었으며, 일상에서 대충인 것이 아무것도 없어 보였다. 오 히려 나보다 더 섬세한 일상의 루틴을 가지고 있었다.

얼굴에 바르는 로션, 목욕 후 몸에 바르는 크림, 각질 예방을 위해 발에 바르는 연고, 작은 손거울과 머리빗은 물론이고 하루 에 꼭 두 번씩 넣는 인공 눈물, 뼈 건강에 좋은 칼슘제와 콜라겐, 일일 1포 홍삼, 저혈당이 왔을 때 먹는 사탕과 연양갱 등을 작 은 가방에 분류해서 담았다. 엄마는 매일 내과, 신경외과, 정형외 과에서 처방해 준 스무 알이 넘는 약 이외에도 건강식품과 보조

제를 정확한 시간에 챙겨 먹고 있었다. 마지막으로 성경책을 챙기더니, 종이 귀가 닳은 하늘색 노트 한 권은 본인이 직접 가지고 가겠다며 붉은색 스웨터 앞섶에 숨기듯 넣는다. 그 낡은 공책의 존재를 그간 몰랐던 건 아니지만 한 번도 보여 달라고 말하지 못했다. 공책 속 이야기가 궁금하지 않은 게 아니라 엄마의 삶을 직면할 용기가 없어서다.

구순의 엄마는 일제 강점기와 6·25 전쟁을 살아냈다. 광복되던 해에는 열 살이었고, 6·25 전쟁이 일어났을 때는 열다섯 살이었다. 열일곱 살에 결혼 후 임신을 했고, 군대에 간 남편을 기다리다가 전사 통지서를 받았다. 이후 엄마 자신이 홀로 세상과 싸우는 전사가 되었음은 물론이다. 엄마는 유복자인 딸을 데리고 친정집으로 돌아왔다. 그런데 오랫동안 자식이 없었던 이웃 동네에 살던 어떤 이가 자신에게 오면 딸을 잘 키워 주겠다고 하더란다. 그 말만 믿고 스무 살의 엄마는 보따리를 싸서 아내가 있는 그 사람 집으로 갔다고 한다. 훗날 그이가 바로 나의 아버지가 되었다. 엄마는 지금으로서는 말도 안 되는 복혼을 한 것이다. 생각해 보면 지지리 가난한 친정에서 자식까지 데리고 얹혀살기가 얼마나 바늘방석이었으면 그런 선택을 했을까 싶다. 하지만 그 선택으로 엄마 자신은 평생 한순간도 경계를 늦출 수 없는 삶을 살아야 했다. 눈 앞에 펼쳐진 세상은 온통 전쟁터였을 테니까.

자신이 낳은 자식들은 모두 호적에 올랐지만, 정작 자신은 생의 중심부로 나아가지 못한 채 늘 변방에서 벌벌 떨었을 것이다. 무엇보다 평생 엄마를 비난하는 세상의 싸늘한 눈초리에 뭇매를 맞고 서 있었을지도 모른다. 서생이었던 아버지는 무능했고 엄마는 연이어 태어난 삼 남매를 굶기지 않으려고 매 순간 가난과 맞섰다. 그래서였을까? 가난하고 결핍투성이 엄마의 딸로 살아온 나는 세상 사람들에게 손가락질받지 않으려고 한 번도 일탈을 해 보지 못하고 자랐다.

나는 알고 있다. 엄마가 요양병원에 가면서도 숨기듯 가지고 간 노트가 엄마의 '엔딩노트'가 될 것임을. 오래전에 남편을 잃고 얼마 전 아들과 딸을 먼저 보내고도 엄마가 아직 삶을 살아내고 있는 이유는 저 노트 덕분이라고 짐작해 본다. 아마도 그럴 것이다. 엄마는 저 노트 위에 잘 구부러지지도 않는 손가락을 애써 오므리고 펜을 꾹꾹 눌러 글을 쓰면서 자신의 삶을 위로하고 다독이는 의식을 밤마다 치렀을 것이다.

엄마의 인생은 아직 다 쓰이진 않았더라도, 이미 위기와 절정을 몇 번씩 반복한 소설책일 것이다. 이제 내가 저 노트에 이어질 엄마 이야기를 쓰고 싶다. 그게 엔딩노트든 시작 노트든, 무엇이 되었든 상관없다. 엄마의 삶이라면 충분할 것이다. 엄마의 시점에서 가만히 지나온 시간을 응시하며 함께 슬픔을 지켜 드리고 싶다.

엄마의 노트를 이어받아, 밑바닥에 가라앉은 기억과 현재의 삶을 기록해 나가는 이 시간은 나 자신을 거울에 비추어 보며 앞으로 나아가는 진짜 공부의 시작이지 싶다. 그 끝에 무엇이 있든 이제 마주할 용기가 생겼다.

어른아이의 분리불안

나는 엄마를 내다 버린 걸까?

엄마와 함께 살던 언니가 하늘나라로 떠난 후 여생을 책임지겠다고 다짐했었다. 그런데 엄마 엉덩이에 욕창이 생기자마자 무서워서 요양병원에 입원시키고 말았다. 후회와 자책은 잠시이고, 엄마를 돌보지 않아도 되니 일단은 시간이 남아돈다. 탱탱했던 일정들이 푹 퍼진 국수 가닥처럼 축 늘어진다. 괜스레 엄마가 입원해 있는 요양병원 건물 아래에 서서 입원실이 있는 7층 창문을 올려다본다. 코로나 이후 요양병원 면회는 제한적이다. 엄마의 그림자라도 보면 마음이 편해질 텐데, 엄마는 걸음은 고사하고 침상에서 일어설 수도 없으니 요양병원 창문에 어린 그림자는 기대하기 어렵다. 돌아서면서 갑자기 얼굴이 붉어진다. 그때 누군가 내 모습을 보았다면 어린아이라고 여겼을 것이다. 사실은 맞는 말이다. 나는 엄마와의 관계에서만큼은 여전히 떨어지기 싫어서 쩔쩔매는 어린아이다.

남편과 가정을 꾸린 지 삼십 년이 지났지만, 아직도 나는 엄마에게서 완전히 떠나지 못했다. 만약에 남편이 자신의 엄마에게서 여전히 벗어나지 못하고 지금의 나처럼 쩔쩔매고 있다면 분명 비난했을 것이다. 도대체 나의 원가족은 누구란 말인가? 생각해 보니 그동안 남편이 엄마를 그다지 살갑게 대하지 않은 이유가 나한테 있었던 것도 같다. 나는 엄마와 관련된 일을 남편과 의논하지 않는다. 그 일에 대해서만큼은 누구에게도 어떤 형식의 비난이나 조언도 받기 싫어서다. 그래서 남편은 차츰 친정 일에 무심해졌다. 내가 남편과 엄마 사이를 가로막고 서서 어떤 기회도 주지 않았을 것이다.

엄마뿐만 아니라 다른 가족으로부터도 떠나오지 못했다. 그러나 가족들은 모두 서둘러 떠나갔고, 나만 그 자리에 남았다. 평생 병약했던 아버지, 오빠와 언니까지 나를 두고 하늘나라로 가 버렸다. 닮은 점이 너무 많아 나의 분신이라 생각했던 큰딸은 중학교 3학년 이후 나를 떠났고 지금도 타국에서 살고 있다. 늘 곁에 두고 애지중지하던 작은딸마저 3년 전 독립을 선언하고 집에서 20여 분 거리에 새로 둥지를 틀었다.

사실 나는 누군가와 분리되는 데 엄청난 불안을 느낀다. 그게 가족일 때는 병이 아닐지 의심될 정도이다. 언제부턴가 사람은 물론 오래 쓰던 물건조차도 버리려면 꽤 긴 시간이 필요한 사람이 되어 버렸다. 누군가와 분리되는 것을 끔찍하게도 싫어하는 나의 심리적 처지는 어린 시절, 아침마다 엄마와 떨어지며 느꼈던 슬픔이 무의식적으로 작용하고 있는 듯하다. 물건을 팔러 간 엄마가 밤이 되어도 돌아오지 않으면, 어둠 속에 앉아서 엄마를 기다리던 기억이 평생 따라다녔다.

딸도 어릴 적, 내가 출근할 때마다 울었다. 아파트 경비원뿐만 아니라 동네 사람들까지 딸을 '아침마다 우는 아이'라 불렀다. 자동차 뒤에서 울며 따라오다가 넘어져서 구르기도 하는 딸을 보고 가슴이 저렸다. 가족 상담을 받으면서 알게 된 사실인데, 어릴 적 딸이 아침마다 울었던 이유가 오히려 나에게 있었단다. 떨어지는 게 불안한 사람은 딸이 아니라 정작 나였다고 한다. 엄마인 내가 딸과의 분리를 힘들어한 만큼 딸도 엄마를 걱정했고, 그래서 우리는 불안으로 서로 긴밀한 애착 관계를 유지하고 있었단다. 내 안에 웅크리고 앉아 있는 상처받은 아이를 잘 돌아보고 치유해야 한다는 상담사의 설명이 깊게 새겨졌다.

딸이 나로부터 분리되는 것을 힘들어했던 이유가 내가 가진 분리불안 때문이었다면, 내가 이렇게 이별이 힘든 어른아이가 된 이유는 무엇일까? 불안은 결국 엄마로부터 연유한 것이 아니었을까 싶다. 엄마는 언니, 오빠가 모두 학교에 가 버린 텅 빈 집에 나를 떼어 놓고 무표정한 얼굴로 집을 나섰다. 엄마의 무심한 얼굴은 자신의 불안을 숨기기 위한 가면이었을 테다. 어린 딸을 홀로 두고 생업에 나서야 했던 발걸음이 얼마나 무거웠을지 부모가 된 지금은 안다.

엄마는 아무렇지 않은 게 아니라, 가족을 먹이고 어떻게든 살아내야 한다는 숙제 앞에서 자신의 불안이나 어린 딸의 분리 불안까지 돌아볼 수 없었을 것이다. 어릴 적 지독하게 나와 분리되는 것을 힘들어하던 큰딸도 이제는 지구 반대편에 정착했다. 수년째 나를 떠나서 잘 살고 있으니, 엄마와 나 그리고 딸로 이어지던 불안은 더 이상 딸에게서는 힘을 미치지 못하는 것 같다. 딸은 망설이지 않고 용기를 내어 나에게서 멀어져 갔다.

너무 밀착된 관계에서 멀어지기 위해서는 누군가 먼저 불안을 넘어설 용기가 필요하다. 아무리 가까운 가족이라 해도 그렇다. 멀어져야 다시 가까이 다가가고 싶은 마음도 생겨날 테니까.

홍삼과 캔맥주

"도와주세요."

등에서 식은땀이 흘렀다.

"도와주세요."

아랫배에 힘을 주고 다시 외쳤다. 찢어질 듯한 내 목소리에도 아무 기척이 없다. 숨도 쉴 수 없이 긴박한 몇 초의 시간이 정적 속에서 흐르고 있고, 엄마 허리춤을 어설프게 붙잡고 있는 손가락에서 점점 힘이 빠져나갔다. 몸무게를 감당하지 못하고 손을 놓아 버리면, 연탄집게처럼 엇갈려서 구부러져 있던 엄마 다리가 댕강 부러져 버릴 것 같았다. 엄마가 병원에서 두 달여 치료를 받고 퇴원하던 날, 휠체어에서 내려서다가 벌어진 일이었다. 절체절명의 위기 속에서 나는 애타게 누군가의 도움을 기다렸다. 일곱 가구 원룸이 현관문을 마주한 이 좁디좁은 공간은 한낮, 적막에 싸여 있었다.

"도와주세요."

나는 다시 비명을 질렀다.

차라리 '불이야!' 하고 외쳐야 하나 고민하는 순간, 현관문 여닫는 소리가 들리더니 키가 껑충한 청년이 2층에서 계단을 두 개씩 뛰어 내려왔다. 청년은 서둘러 엄마 목과 다리 부분에 자기 팔을 받치더니, 아기를 다루듯 사뿐히 안아 침대에 눕혔다. 그리고 아무 일도 아니라는 듯 말없이 성큼성큼 걸어 나갔다.

돌아서 나가는 청년의 뒷모습이 눈앞에서 사라질 즈음 나도 그만 방바닥에 털썩 주저앉아 버렸다. 온몸에 용을 쓰고 있다가 긴장이 풀어지니 한숨이 토해져 나왔다. 나를 힘들게 하기 싫어서 '혼자 할 수 있다'는 엄마 말을 그대로 믿어 버린 나 자신이 부끄러웠다. 나로 인해 다리가 또다시 부러질 뻔한 상황에 대한 자책과 어린아이처럼 간절하게 누군가의 도움을 요청하던 내 목소리의 여운이 남아 더 수치스러웠다. 방금 엄마를 도와주고 나간 청년은 전에도 가끔 마주친 적이 있다. 볼 때마다 청년은 1층인 엄마 집 어귀에서 담배를 피우고 있었는데, 그래서인지 그에 대한 인상은 좋은 편이 아니었다. 추측건대 취준생인 듯했다.

'간절히 도움을 요청하던 그 시각, 이 다세대 주택에는 저 청년 이외에 아무도 없었던 걸까? 유독 저 청년만 귀가 밝았던 걸까?'

낯선 여자의 외침을 듣고 달려와 준 청년이 새삼 고마웠다. 그 뒤로 뭔가 보답을 하고 싶었다. 치킨이 좋을까, 피자가 좋을까? 배달 음식의 종류를 고민만 하고 결정을 미루고 있었다. 이

때까지 보고도 못 본 척하며 지내다가 도움을 받았다고 불쑥 뭔가를 내미는 것도 손이 부끄러웠고, 그 청년의 방 호수도 제대로 알지 못했다. 무엇보다도 고마운 마음이 그만큼의 가치로만 여겨질까 봐 더 머뭇거려졌다. 대신 그날 이후 엄마 집 어귀에서 그 청년을 만나면, 나는 허리까지 굽혀서 인사를 했다.

얼마 지나지 않아, 그 청년이 먼저 엄마를 찾아왔다. 요양 보호사의 전언에 따르면, 청년이 매우 예의 바른 태도로 깊이 고개 숙여 인사를 하더란다. 그리고 손에 들고 온 홍삼액 두 봉지와 함께 이런 말을 남기고 돌아갔다고 한다.

"이번 주 토요일과 일요일에 온라인으로 매우 중요한 시험을 쳐야 합니다. 그러니 그때만은 생선을 굽거나 냄새가 많이 나는 음식을 조리하지 않으셨으면 합니다. 부탁드립니다."

엄마 집에서 음식을 할 때 조리 기구 위에 설치된 환풍기를 틀면 냄새가 고스란히 자기 집으로 올라온다고 했다는데, 그동안에는 어떻게 참았던 것일까? 엄마의 식탁 위에 놓인 홍삼액이 든 작은 봉지를 오래도록 바라보았다. 청년이 이 말을 하기까지 얼마나 망설였을지 짐작이 갔다. 아마 큰 용기를 내어 엄마를 찾아왔을 것이다.

원룸의 취약한 설비 구조상 환기가 잘 되지 않았나 보다. 그렇다면 냄새뿐만 아니라, 소리도 관을 타고 윗집에 고스란히 전달되었지 싶다. 이런저런 생각을 하다 보니 소음을 차단하려고 커다란 이어폰을 끼고 있는 청년의 모습이 눈앞에 선하다. 앞으로는 청년을 위해 냄새뿐만 아니라 소음도 조심해야겠다는 마음이 절로 생겼다. 나보다 오히려 엄마 스스로가 가장 즐겨 보는 노래자랑 프로그램의 TV 소리도 줄이고 매우 조심하는 모습을 보였다.

　엄마 집 바로 위라면 청년이 사는 방이 어딘지 알 것 같다. 청년의 시험이 끝났을 것 같은 일요일 저녁에 나는 6개로 단단히 묶여 있는 키 큰 맥주를 장바구니에 담아, 어두워진 계단을 올라갔다. 그리고 현관문 앞에 맥주 꾸러미를 조심스레 놓고 내려왔다. 청년이 자기 것이 아니라고 생각할까 봐, 노란색 메모지에 몇 글자를 적어 붙였다.

　'저번에 도와줘서 정말 고마웠어요. 101호 딸 드림.'

　혹시라도 시험에 대한 응원이 부담되면 어쩌나 하는 마음에 차마 '파이팅!'이라는 말은 쓰지 못했다. 대신 마음속에 꾹꾹 눌러 두었다. 그가 무슨 중요한 시험을 준비하는지는 알 수 없지만, 그 뒤로도 줄곧 엄마와 나는 진심으로 청년을 응원하는 마음으로 손을 모았다. 타인의 어려움에 귀 기울여 준 청년의 자기소개서에 '엄마를 도와주었던 멋진 청년'임을 밝히는 문구를 추가해 주고 싶은 마음이다. 혹시 그가 입사하고 싶어 하는 회사에서 청년의 평소 삶의 태도를 묻는 전화라도 걸어와 주면 좋겠다.

원룸이라고 불리는 공동 주택의 얇은 벽만큼이나, 아흔의 엄마와 이십 대 청년은 공통점이 없다. 하지만 얇은 벽 너머의 그가 시험에 합격하기를 바라는 엄마의 기원은 위층 청년 못지않게 정성스러웠고 어떤 벽보다 견고하고 두껍게 쌓여 갔다.

벚꽃과 임계점

서글픈 봄이다.

올해 벚꽃은 유난히 일찍 피었지만, 엄마는 병원에 입원 중이었다. 엄마는 봄이 다 지나갈 무렵 퇴원했고 무엇보다 벚꽃을 보지 못하고 지나쳐 버린 봄을 아쉬워했다. 그 계절은 엄마 못지않게 내게도 아팠다.

그즈음 나는 매일 새벽 레슬링을 하고 있었다. 아니, 누군가가 나를 보았다면 그렇게 생각했을 것이다. 아침 7시, 엄마 집에 들러 말쑥하게 차려입은 치마를 벗어 던지고 속옷 차림으로 침대 위에 올라섰다. 누워 있는 엄마 몸 위에 두 다리를 벌리고 서 있는 기이한 내 모습은 영락없는 레슬링 선수였다. 레슬링이 인류가 생존을 위해 투쟁을 벌인 데에서 유래했다는데, 나도 생존을 위한 전쟁 중이었다.

나의 전쟁은 먼저 손을 깨끗이 씻어 엄마의 기저귀를 갈아 드리고, 용변이 묻은 몸을 물휴지로 잘 닦아 드린 후 깨끗하고 부드러운 수건으로 몸을 말리는 것이다. 그리고 입었던 옷과 방

수 패드, 침대 패드를 세탁기에 집어넣고 아침 식사를 준비한 후에 빨대가 꽂힌 물통을 씻는다. 출근 시간이므로 기저귀가 무엇으로 젖었든지 간에 주저할 시간은 없다.

기저귀를 갈 때 엄마가 허리를 좀 들어 주면 좋으련만 엄마는 그조차도 어렵다. 얼마 전에 발목 깁스를 풀어서 다리에 힘을 주지 못해서다. 엄마의 기저귀를 빼낼 때도, 새 기저귀를 허리 아래에 넣을 때도 엄마 몸을 마치 통나무처럼 이리 굴리고 저리 굴리기를 반복했다. 그날 아침 따라 냄새가 심해서 나의 손이 거칠었던 것일까? 엄마가 갑자기 울음을 터트렸다. 모멸감을 느낀 건 아닌지 모르겠다. 손으로 눈을 꾹꾹 눌러 눈물을 닦으며 이렇게 말했다.

"너한테 기저귀를 갈게 하다니, 평생 자식들을 위해서 힘들게 살아온 게 와르르 무너지는 것 같다."

나만 힘든 게 아니었다. 엄마도 나만큼 힘이 들었나 보다. 나 힘든 거 생각하느라, 몸을 온통 자식에게 맡겨야 하는 엄마의 감정을 미처 헤아리지 못했다는 후회가 따라왔다. 엄마 기저귀를 갈면서부터 나는 하루에 한 번씩 정호승의 시 「아버지의 기저귀」를 읽었다. 문장을 모두 외워서 그것들의 의미가 모두 내 생각이 될 수 있다면 외우기만 하랴. 시를 몽땅 외운 후에 글자가 쓰인 종이를 씹어서 삼키고 싶다. 옛날 과거 시험을 준비하던 선비들이 문장을 모두 외우고 나서, 글이 쓰인 종이를 씹어 먹어 몸이 체득하게 했다고 하지 않던가. 뱃속에 들어간 종이가 올올이 풀어져 몸의 일부가 되면, 시인이 그랬던 것처럼 엄마의 기저귀에서 봄의 꽃향기를 맡을 수 있을까?

이 바쁜 아침 여정 중 도대체 몇 할이 진심에서 우러나와서 하는 행위이고, 몇 할이 마지못해서 하는 행위인지 잘 모르겠다. 엄마도 나 어릴 적 기저귀를 갈면서 이런 걸 계산했을까? 지금 나는 당연한 마음으로 이 상황을 받아들이고 있다. 나 이외에 엄마를 돌볼 사람이 아무도 없으니, 다른 생각은 할 수조차 없다. 언니가 정형외과 수술 후 갑자기 세상을 떠났을 때 엄마는 한 달을 넘기기 어려울 것처럼 위태로워 보였다. 하지만 이후 기운을 차리고 2년 넘게 내 곁에서 삶을 이어 가고 있다. 앞으로 10년 더 이런 생활이 지속된다면 나의 진심은 몇 할이나 될까?

이런저런 생각을 하며 남편과 함께 출근길에 올랐다. 마음의 무게와 달리, 가벼운 아침 햇살이 차창에 부딪히며 반짝거렸다. 신호 대기 중 창밖으로 눈길을 돌리니 길가 벚꽃 나무 둥치에 뒤늦게 피어난 벚꽃 한 송이가 턱걸이하듯 간당간당 매달려 있다. 모두가 떠났다고 생각했지만, 미처 떠나가지 못한 봄이 그곳에서 버티고 있었다. 한 송이 벚꽃은 안간힘을 다해 세상으로 나왔을 것이다. 세상에 존재할 수 있는 순간은 지금뿐이니 가녀린 생명은 마지막 힘을 짜내어 꽃을 피웠을 테다. 매연으로 시커멓게 그

을린 나무 둥치의 단단한 껍질을 뚫고 임계점을 넘어 제 존재를 증명해 내는 중이었다. 엄마도 미처 떠나지 못한 계절의 저 벚꽃처럼 간신히 버티는 중일까?

힘없이 핀 해사한 벚꽃 한 송이에 갑자기 참았던 울음이 울컥 터져 나왔다. 내 가면은 여기까지만 유효했다. 엄마를 모시고 살던 언니가 죽고 나서 병원으로 모셔야 한다는 남편의 말에 "내가 다 알아서 할 테니 어떤 간섭도 하지 말라"고 쏘아붙였다. 그리고 집에서 길 하나 건너 가까운 거리에 엄마의 거처를 마련했다. 남편 앞에서 힘든 내색도 하지 않고 태연한 척, 아무렇지 않은 척하던 내가 견딜 수 있는 임계점은 바로 여기까지였다. 어쩌면 정호승 시인의 시구가 떠올라 더욱 죄책감을 느꼈는지도 모른다. 나는 눈물을 닦고 서둘러 가방에서 시집 『슬픔이 택배로 왔다』를 끄집어내었다. 「아버지의 기저귀」라는 시를 펼치고 천천히 씹어 먹듯이 읽었다. 어머니가 돌아가시고 나면 나도 시인처럼 어머니가 그리울 테니 말이다.

돌아가신 아버지를 만나
다시 기저귀를 갈아드릴 수 있다면
나 아기 때 엄마가 내 기저귀를 갈아주신 것처럼
종이처럼 가벼운 아버지를 아기 달래듯 달래며
아버지 허리 좀 드세요

괜찮아요 뭘 그리 부끄러워하세요
토닥토닥 아버지를 달래며 환하게 웃어드리겠네
물티슈로 엉덩이를 깨끗이 닦아드리며
늙고 병들면 인간은 기저귀를 차야 한다고
누구나 아기처럼 기저귀를 차야 할 때가 있다고
그럴 때는 자식이 부모의 기저귀를 갈아드린다고
말없이 귓속말로 말씀드리며
아버지 한숟가락만 더 드세요
밖에 봄이 왔어요
사람은 먹어야 살잖아요
싫다고 고개 돌리시는 아버지를 껴안고
미음 몇숟가락 더 잡수시게 하고
흩날리는 벚꽃을 기저귀에 주워 담아드리겠네
땅바닥에 떨어진 목련꽃 그늘도 듬뿍 주워 담아
아버지의 기저귀에서 나는 봄의 꽃향기
아버지라는 아기 냄새를 흠뻑 맡겠네

　엄마 기저귀를 가는 일이 힘겨운 나머지, 뒤늦게 피어난 한 송이 벚꽃을 보고 무연히 울음을 터뜨렸었다. 이후 엄마는 생에 대한 강인한 의지를 펴 올려 기저귀를 하지 않아도 될 정도로 건강을 회복했다. 욕창이 생기던 구순 노인에게 기대할 수 없는 기적 같은 회생이었다. 봄은 어떤 약속 없이도 추운 계절의 고통을 그러모아 끝내 저마다의 임계점을 뚫고 새 생명을 탄생시킬 것이고, 벚꽃은 또 해마다 피어나 하늘 가득 꽃구름을 만들 것이다. 엄마는 지금 어느 계절을 지나고 있는 걸까? 얼마나 많은 고통의 시간을 모으고 모으면, 엄마도 임계점을 뚫고 존재의 꽃망울을 터트릴 수 있을 것인지 생각에 잠긴다.

존재의 끝도 벚꽃처럼 환희였으면 좋겠다. 현존하는 것의 마지막이 해마다 돌아오는 봄처럼 새로운 생으로 이어질 수 있기를 기도한다. 봄이 다 가 버리기 전에, 어떻게든 엄마를 모시고 밖으로 나가 보아야겠다. 엄마를 나무 그늘에 앉혀 놓고, 엄마 앞에서 춤을 추고 싶다. 엄마가 여전히 나의 엄마라고 느낄 수 있도록, 내가 기꺼이 아이가 되어 드리고 싶다. 내년 봄을 약속할 수 없으니, 더욱 간절하다.

바퀴 달린 회전의자

엄마가 소리 내어 우는 모습을 본 적이 있었던가. 잘 기억나지 않는다. 지금 내 앞에서 엄마가 울고 있다. 바르게 펼 수도 없는 구부러진 두 다리를 앞으로 쭉 뻗어 놓고 방바닥에 주저앉아 아기처럼 울고 있다. 날카롭게 부서진 유리 파편들 속에서 속수무책 울기만 하는 엄마 앞에서, 일의 순서를 알지 못할 정도로 막막했다.

퇴근 후, 엄마 저녁을 차려 주고 잠깐 집에 다녀오는 동안에 벌어진 일이다. 그 짧은 시간 동안 마음속으로는 앞으로 어떤 일이 더 일어날지 모르겠다는 걱정을 했다. 피하고 싶었다. 감당하기 어려운 현실에서 도망치듯 어릴 적 기억 하나가 봉인을 뚫고 수면 위로 떠올랐다. 예닐곱 살쯤이었다. 내 머리카락에 이가 생겼는데 아무리 자르자고 해도 긴 머리를 고집하더란다. 하는 수 없이 내가 낮잠을 자는 사이에, 엄마가 뒤로 묶은 내 머리카락 꽁지를 잡고 한 뼘 정도 잘라 버렸단다. 낮잠에서 깨어난 나는 가벼워진 머리 꽁지를 눈치채고 '머리카락 붙여 내라'고 몇 시간 동안 두 다리를 버둥거리며 울었다고 한다. 주변에 풀이 다 뽑힐 정도로 말이다. 지금 내 눈앞에서 두 다리를 뻗은 채로 그때의 나처럼 우는 엄마를 보니, 내가 엄마가 되고 엄마가 어린 내가 된 듯하다.

언제부터 이렇게 울고 있었던 걸까? 엄마에게 혼자 있을 때는 절대로 바퀴가 달린 이 회전의자를 사용하지 말라고 그렇게 말해 두었건만, 자식인 내 말보다는 자신의 판단을 따랐나 보다. 어쩌면 나를 힘들게 하지 않으려고, 혼자서 무엇인가를 해 보려다가 일어난 일이었을 것이다. 그렇지만 화가 났다. 병원에서 퇴원 직후 다시 돋아난 욕창 때문에 그동안 얼마나 마음 졸였던가. 요즈음 식사도 잘하고 겨우 상처도 진정될 기미를 보이며 치료되던 중이었다. 엄마 건강이 차츰 회복기에 들어섰다고 생각되면서부터, 살얼음판을 걷는 것처럼 더욱 조심하고 있던 때였다. 그런데 오늘 다시 제자리로 돌아간 기분이 들었다. 엄마가 내 딸이라면 참지 못하고 큰 소리를 질렀을 것이다. 좁은 방, 침대에서 싱크대까지는 건강한 사람이라면 회전의자를 돌려 방향만 바꿔도 되었다. 엄마에게는 이런 사소한 간격도 닿을 수 없는 거리였나 보다.

엄마는 침대에서 몸을 일으킨 후 엉덩이를 의자 위에 다 올려놓기도 전에 그만 의자 바퀴가 뒤로 쭉 밀려가 버렸다고 했다. 엉덩이뼈를 다칠 뻔한 위험한 상황이었는데, 침대가 높지 않아

다행히 다치지는 않은 것 같다. 문제는 엄마가 넘어지지 않으려고 엉겁결에 원형 식탁의 다리를 붙잡았다가, 식탁이 중심을 잃고 기우뚱하는 바람에 식탁 위 유리가 바닥으로 굴러떨어져 와장창 깨어져 버렸다. 내가 방 안으로 들어섰을 때, 식탁 위 반찬 그릇과 약통들이 잘게 부서진 유리 조각들 속에서 제멋대로 나뒹굴고 있었다. 그 두껍고 무거운 식탁 유리가 앞쪽이 아니라 엄마에게로 굴러떨어졌으면 엄마 다리도 산산조각이 났을 것이다. 생각만 해도 몸서리가 쳐졌다.

"엄마, 꼼짝도 하지 말고 가만히 있어야 해요." 차가운 목소리로 명령하다시피 소리를 질렀다. 엄마에게 이렇게 큰 소리로 말한 건 처음이었다.

엄마 눈에는 환갑도 지난 내가 여전히 아이였다. 아침 출근길에 들른 내 옷차림새를 보고 속바지나 속치마를 입었는지 물어보았다. 가을에는 무청 시래기를 삶아서 냉동실에 보관했다가 먹고, 김치는 담가 먹으라고 조언했다. 엄마 자신도 커튼과 이부자리를 자주 세탁하고 냉장고 손잡이는 물론, 신발장 문짝도 수시로 닦았다. 음식을 담는 그릇과 과일을 담는 그릇을 구분할 정도로 아흔 나이에도 엄마는 지키고 싶은 건 반드시 지키고 싶어 했다. 노인이 되면 아이보다 더 고집스러워진다고 하더니, 내 말보다 자기 생각대로 하는 엄마가 약간은 버거웠던 걸까? 나는 눈앞에서 아이처럼 소리 내어 울고 있는 엄마를 따뜻이 안아 주지 못했다. 오히려 나 자신이 미울 정도로 차갑게 문제 상황을 해결하느라 바빴다.

밖으로 나와 현관 앞 쓰레기 배출 장소에서 종이 상자 하나를 챙겼다. 등 뒤에서 자동으로 닫힌 현관문 비밀번호를 누르는 손끝에 오늘따라 더 힘이 들어갔다. 엄마가 이사를 오면서 언니 집 잠금장치를 그대로 떼어 와서 사용하던 중이었는데, 비밀번호는 내 생일을 조합한 것이다. 숫자를 잘 외우지 못하는 나를 배려해서인지, 언니가 병원에 입원하러 가면서 비밀번호를 바꾸어 놓은 것이다. 언니는 수술 후 자신이 회복하지 못하리라는 걸 어렴풋이 예감했는지도 모른다. 그래서 엄마를 나한테 부탁하고 싶었을 것이다. 내 생일인 현관문 비밀번호를 누르는 순간, 그제야 나의 힘듦이 아니라 엄마에 대한 연민으로 눈물이 차올랐다.

방으로 들어와, 먼저 두려움에 떨고 있는 엄마를 안아 주었다. 내 품에 안긴 엄마 어깨가 파르르 떨렸다. 비로소 나는 "엄마 괜찮아요. 엄마가 다치지 않아서 다행이에요."라고 아이를 달래듯 낮은 목소리로 말했다. 엄마는 나를 힘들게 한 걸 미안해하며 더 크게 소리 내어 울었다. 유리 파편이 튄 엄마의 옷을 갈아입혔다. 내가 "만세!"라고 말하니, 엄마가 아이처럼 손을 위로 들어 올리며 순순히 응한다. 엄마를 안아서 침대에 눕힌 후 놀란 가슴을 진정시키려 수면제 한 알을 먹게 했다. 고른 숨소리를 내며 잠에 빠져든 엄마 얼굴을 한참 동안 내려다보았다. 평온하다.

한 시간 넘게 유리 조각들을 치우고 나서야 엉덩이를 바닥에 내려놓았다. 마침내 저만치 도망치듯 방구석으로 물러나 있는 바퀴 달린 회전의자가 눈에 들어왔다. 아무 일도 없었다는 듯 시치미를 뚝 떼고 무심히 서 있다. 바퀴는 무조건 달리고 싶어 했을 것이고, 엄마는 엉덩이로 제멋대로 나아가려는 바퀴를 내리눌렀어야 했다. 하지만 실패했을 것이다. 언제 엄마 인생이 바퀴 달린 의자에 편승한 것처럼 순조롭게 나아간 적이 있었던가. 또 엄마가 멈추고 싶다고 마음대로 멈출 수 있는 일이 존재하기나 했던가를 되짚어 본다. 앞으로 나아가야 할 힘과 정지해야 할 힘은 자주 어긋나게 작용하여 엄마의 삶을 뒤흔들었을 것이다. 빙그르르 도는 것이 회전의자뿐일까. 자식이 부모가 되고 또 부모가 늙어 다시 아이가 되는 건, 신체 노화를 겪어야 하는 인간의 어쩔 수 없는 운명이다. 그러니 그저 담담히 받아들일 뿐이다.

엄마 등 뒤에 서면

엄마와 함께 거리로 나서면 봐야 할 것이 많아 자주 두리번거린다. 시야가 확 좁아져서 미간을 찌푸리기도 한다. 그때는 '내가 휠체어를 밀며 갈 수 있는 곳인가, 그렇지 않은 곳인가?' 그것이 세상을 나누는 기준이 된다.

휠체어에 앉은 엄마 등 뒤에 서면, 마음의 저울이 자주 기울어서 평정심을 유지하기 어렵다. 일단 음식점만 해도 그렇다. 엄마와 함께 갈 수 있는 식당은 좋은 식당이고, 음식이 맛있고 분위기가 좋아도 엄마와 갈 수 없는 식당은 나쁜 식당이다. 적어도 나에게는 그렇다. 작년 어버이날, 모처럼 엄마를 모시고 인근 식당에 갔다. 휠체어에서 내려선 엄마가 천천히 네발로 기다시피 문턱을 넘는 모습을 지켜보던 주인이 "다음에는 배달시켜서 집에서 먹는 게 좋겠다."라고 넌지시 말했다. 갑자기 내 몸이 옹송그려지고 머리끝이 쭈뼛해진다. 이 말을 듣지 못할 정도로 엄마가 청력이 약해져서 그나마 다행이다. 이후 그곳은 나에게 나쁜 식당으로 자리매김했다.

　가끔 엄마를 모시고 외식을 할 때는 체험학습 답사하듯이 미리 식당에 가 본다. 식당 입구에 경사로가 있는지, 엄마가 넘어야 할 문턱은 없는지, 결정적으로는 휠체어를 탄 엄마를 모시고 와도 좋은지 주인에게 사전 허락을 구한다. 내 돈 내고 밥을 사 먹는데, 휠체어를 타고 있다는 이유로 와도 되는지 사전에 허락을 구해야 하는 세상은 나에게 나쁜 세상에 더 가깝다.

　집 근처 공원이 새롭게 단장을 해서 엄마를 모시고 산책을 하러 나갔다. 진입로의 경사가 너무 가파르다. 다리에 체중을 싣고 몸을 사선으로 기울여 휠체어를 힘껏 밀어야만 겨우 올라갈 수 있다. 그냥 걸어갈 때는 몰랐던 진입로 기울기가 휠체어를 밀어 보니 고스란히 내 몸을 타고 전해졌다. 사정이야 있겠지만, 공원 입구에 주차장을 만들고 진입로 공사도 새로 하면서, 높은 기울기의 경사로를 허가한 구청 공무원은 일을 잘 못 하는 사람일 거라는 생각으로 굳어졌다.

　요즈음 엄마 등 뒤에 서게 되면서 나도 모르게 분노가 늘어난 게 사실이다. 나는 평생 아이들을 가르치며 친절한 사람이 되려고 노력했고, 늘 비판보다는 수긍이나 긍정에 더 익숙한 사람이다. 그런데 휠체어를 밀면서부터 작은 일도 따져 묻고, 부당하다는 생각이 들면 싸움이라도 걸고 싶은 심정이다. 전과 달리 장애인 한 명을 위해서라도 진입로 공사를 새로 해야 하고, 지하철

역마다 설치된 엘리베이터는 절대로 예산 낭비가 아니며, 무엇보다 장애인의 이동권 보장에 관심이 생겼다. 집 앞 편의점에도 휠체어를 타고 갈 수 있는 경사로가 생겼으면 했는데, 최근 진행되고 있는 소규모 점포에 '장애인 편의 시설 설치 의무'를 적용하지 않는 국가에 배상 책임을 청구한 사건에 관심을 가지고 지켜보게 되었다. 결과에 상관없이 이런 일을 바로 제 일로 여기게 되었음이 나에게 생긴 커다란 변화이다.

내가 엄마 등 뒤에 서 있을 때 조급함을 느끼지 않는 곳은 정형외과 병원뿐이라면 과장된 표현일까? 휠체어를 타거나 목발을 짚은 사람이 많은 정형외과에서는 엘리베이터를 탈 때 쫓기듯 서두르지 않아도 되니 마음이 편하다. 마치 유모차를 밀고 가는 사람들이 서로 자연스레 눈인사하듯, 휠체어를 미는 사람들과는 보이지 않는 연대감마저 느낀다.

물론 분노만 늘어난 것은 아니다. 공원 입구를 올라가지 못해서 애쓰고 있을 때 간혹 "도와드릴까요?"라고 물어봐 주는 젊은 이도 있다. 그 말 한마디가 정말 고맙다. 또 아무 말 없이 한 손으로 슬쩍 휠체어를 잡아서 앞으로 끌어 올려 주던 낯 모르는 아저씨가 고마워서 코끝이 찡해지기도 한다. 칼국수 한 그릇을 먹으려고 망설이다 들어간 작은 식당에서 주인이 뛰어나와 휠체어를 앞에서 끌어 올려 줄 때면, 그 사람의 손을 안아 주고 싶어진다. 빵집 앞에 서 있을 때, 엄마 무릎 위에 단팥빵 하나를 가만히 올려 두는 아주머니와 나는 우리 모두의 어머니를 공유하고 있는 것처럼 느껴진다.

한번은 엘리베이터가 없는 인근 병원 의사 선생님이 직접 계단을 내려와, 길에서 진료한 후 엄마에게 주사를 놓아 주었을 때 나는 몇 번이나 고개 숙여 인사를 했다. 그 의사 선생님이 어떤 이름난 명의보다 더 훌륭하게 느껴졌다. 요양보호사가 자동차가 없는 나를 대신해서 먼 길을 달려 외할머니 산소에 엄마를 모셔 갔을 때, 나는 그분께 큰절이라도 올리고 싶었다. 시간이 갈수록 이런 작은 친절들이 모이고 모여 엄마와 나를 돕고 있다는 생각이 돌탑처럼 차근차근 쌓여 간다.

누군가의 등 뒤에 선다는 건 같은 방향을 바라보는 것이다. 그간 엄마를 마주 바라볼 때는 엄마만 보였는데, 엄마 등 뒤에서는 엄마 앞에 뻗어 있는 길을 함께 바라보게 되었다. 작은 일에 자주 화가 나기도 하지만, 또 감사한 마음도 그만큼 늘었다. 그러니 마음의 저울이 민감하게 실룩샐룩하다 아쉬운 대로 평형을 이룬 게 아닌가 싶다. 돌이켜보면 엄마 등 뒤에 서 있는 내가 분노하게 되는 이유는, 다름 아닌 나 자신을 '약자'라고 느낄 때 솟아나는 억울한 마음인 것 같다.

머지않아 나도 누군가에게 몸을 의지하게 될 것이다. 내 등 뒤에 서 있게 될 사람이 사랑하는 딸이든, 이웃이든, 그게 누가 되었든 간에 그가 자신을 작고 부끄럽게 생각하지 않았으면 좋겠다. 그러려면 우선 내가 어떤 상황에서든 넘치지도 모자라지도 않게 세상을 평평하게 대하는 연습이 필요할지도 모르겠다.

꽃과 엄마의 시간

엄마는 왜 꽃을 좋아할까? 내가 어릴 적, 엄마는 읍내에서 멀리 떨어진 동네에 고등어를 이고 가서 팔았다. 어느 날, 집으로 돌아온 엄마가 빨간 고무통을 힘겹게 내려놓았을 때 보리쌀 자루 위에 살며시 놓여 있는 연보라색 들국화 한 묶음을 보았다. 그때는 그 꽃의 쓸모를 알지 못했다. 어린 내 눈에 가족의 생계를 책임지고 있는 엄마에게 꽃은 전쟁터 철모 위에 놓인 그것처럼 생경했다.

당시 엄마는 불과 30대였으니 지금 내 딸의 나이와 비슷하다. 젊은 엄마는 충분히 그 자신이 꽃이었지만, 미처 깨닫지 못했을 것이다. 짧은 가을 해는 쉬이 지는 터, 엄마는 먼 길을 재촉해서 돌아오는 중이었으리라. 엄마가 머리에 짐을 인 채로 그 꽃을 꺾지는 않았을 것이니, 가녀린 목을 짓누르는 짐이 너무 무거워 내려놓고 쉬다가 그제야 꽃이 눈에 들어왔음이 분명하다. 날마다 험한 재를 넘어 다니는 거친 현실과 운명 앞에서 바라본 들꽃은 엄마에게 어떤 의미였을까? 젊은 엄마에게 꽃은 삶에 꼭 필요하지는 않지만, 늘 가지고 싶은 욕망 같은 것이었는지도 모른다.

얼마 전에 들른 미용실에서 파마를 하고 나오는데, 미용실 원장님이 화분에서 수국 한 송이를 꺾어 엄마 품에 안겨 주더란다. 그분이 얼마나 고마웠으면 엄마는 "온 세상이 나를 도와주려는 사람뿐이구나."라고 말했다. 엄마는 꽃이 봉오리 맺고, 피어나고, 시들고, 떨어지는 모습에서 마치 사람의 일대기를 보는 듯이 여긴다. 몇 안 되는 친구들도 다 저세상 사람이 되고 보니, 꽃잎 하나 떨어지는 것에도 매우 애틋해한다. 엄마가 느끼는 사회적 관계와 시간 흐름은 이제 식탁 위의 한 송이 꽃이 피고 지는 일처럼 단순해져 버렸다.

그래서 내가 요즘 엄마 밥상만큼이나 신경 쓰는 일은 식탁 위에 한 송이라도 꽃을 꽂아 두는 일이다. 꽃의 어떤 점이 눈물조차 메마른 노인에게 위로를 주는 것일까? 긴긴 엄마 인생에 하루도 따사로운 날 없었건만, 구순 엄마의 굳어 버린 마음 어디에 꽃을 사랑하는 여린 감성이 살아 있는 걸까? 엄마는 꽃을 바라보며 젊은 시절 어떤 시간을 그리워하고 있는지도 모른다.

수필 『영원한 외출』에서 작가 마스다 미리는 아버지가 벚꽃이 보고 싶다고 했지만, 아버지와 함께 가지 않는다. 아버지와 함께 가고 싶어 하지 않는 엄마를 배려해서였다. 누구도 알 수 없는 게 인생이다. 아버지와 함께했으면 좋았을 그 외출이 마지막이 될 줄 알지 못했다. 그래서 작가는 아버지가 죽고 나서야, 해야 할 일은 미루지 않고 당장 해야 함을 깨닫는다. 앞으로 다가올 일을 예측할 수 있다면, 지금 당장 내가 무엇을 달리할 것인지 생각해 본다.

마침 날씨도 좋아 엄마를 모시고 밖으로 나왔다. 평소 산책을 하자고 하면 내가 힘들까 봐 완강히 거부하는 엄마를, 오늘은 기어이 거스르기로 했다. 대신 오늘 포기한 것은 매일 정해진 시간에 운동 센터에 가서 하는 저녁 운동이었다. 엄마와 나눠 쓰기 가장 어려운 것은 돈보다 오히려 시간이다. 물건을 살 때 지급해야 하는 돈을 미리 계산해 보듯이, 나는 엄마와 함께 보내는 시간을 더할까, 덜어낼까를 마음속으로 늘 계산한다.

그날도 엄마와의 산책에 오롯이 집중하지 못하고 오늘 하지 못한 운동을 보충하려는 심정으로 어둑어둑해지는 강둑길에서 휠체어를 밀며 빠르게 걸었다. 그래도 모처럼 딸과 함께 산책을 나와 내심 즐거워하는 엄마의 뒷모습이 짠하다. 내가 엄마와 함께 보내는 시간을 마음속으로 낭비로 여기고 있었던 게 아닌가 싶어 한없이 미안해진다.

엄마에게 딸과 함께 산책하는 이 시간은 어떤 의미일까? 현재 엄마에게는 삶에 꼭 절실한 이외의 것은 모두 제거되어 버렸다. 젊은 엄마가 무거운 머리 위 짐을 내려놓고 무심히 바라보았던 들국화처럼, 지금의 엄마에게도 꼭 필요하진 않지만 누리고 싶은 어떤 것이 있을 것이다. 아무리 노인이라도 의식주 이외의 정서적 욕망은 당연히 존재한다. 이것이 바로 미래의 우리도 누리고 싶은 어떤 것이 아닐까?

오늘 하루 나와의 산책이 엄마의 삶에 들국화처럼 잔잔한 무늬를 만드는 일이었으면 좋겠다. 글을 쓰고 앉아 있는 이 시간도 엄마가 외롭게 혼자 있을 터이니, 엄마 이야기를 쓰는 것보다 엄마와 함께 TV를 보고 이야기를 나누는 게 지금 내가 해야 할 일일지도 모르겠다.

엄마가 두 손을 공손히 모을 때

'안부'라는 말은 일상어이다. 편안한지 아닌지, 그 흔한 안부를 묻는다는 말이 몇 년 전부터 나에게는 매우 특별한 단어가 되었다. 아침마다 엄마의 집 현관 비밀번호를 누를 때 나는 두렵다. '엄마가 편안하지 않으면 어쩌지? 혹시 엄마가 숨을 쉬지 않으면 어떻게 하지?' 무서워서 가슴이 두근거릴 때도 있다.

엄마의 편안함을 확인하고 돌아서 나올 때마다, 엄마는 침대에 걸터앉아 두 손을 공손히 모으고 고개 숙여 인사를 한다. 잘 다녀오라고, 한 번도 아니고 두 번 세 번 내가 현관문을 닫을 때까지 반복한다. 그때의 엄마는 마치 초등학생 아이가 부모를 배웅하는 모습 같다. 매일 똑같은 모습으로 인사하는 엄마를 보고 있지만 좀처럼 익숙해지지 않는다.

엄마가 두 손을 공손히 모을 때마다 울고 싶다. 내가 진짜로 '엄마의 엄마'가 된 것 같아서다. 누군가의 엄마가 된다는 것은 책임져야 할 존재의 무게를 시시때때로 느끼게 됨을 의미한다. 나는 엄마의 보호자가 되고부터 조심성이 늘었다. '아파서도 안 되고, 다쳐서도 안 되는 존재'가 된 것이다. 신호등이 있는 건 널목을 건널 때도 뛰지 않고 이쪽저쪽 잘 살피며 천천히 건넌다. 혼자 남겨질 엄마를 상상만 해도 눈물이 난다. 그러니 내가 사는 존재 양식은 매사에 조심 조심이 되어 버렸다. 또 아파서도 안 된다. 내가 아파서 앓아누우면 정말로 불효가 되기 때문이다. 그 래서 먹는 음식의 종류와 양도 조절하고, 저녁마다 한 시간 이상 운동도 게을리하지 않는다. 가끔 엄마의 무게가 무겁게 느껴지기 도 하지만, 엄마에 대한 책임감이 나를 바로 세운다. 어쩌면 내가 엄마를 돌보고 지키는 것이 아니라 엄마가 나의 삶을 지키고 버 티게 해 주는지도 모른다.

지난 일요일에 시댁 가족 행사에 다녀오느라 하루 종일 혼자 있어야 했던 엄마가 안쓰러워, 다 늦은 저녁에 함께 산책을 하러 나갔다. 현관 앞 골목길에 커다란 차가 주차되어 있어 휠체어가 지나가기 어렵다. 이럴 때는 어김없이 화가 난다. 요리조리 애써 도 안 되어서 겨우 자동차 주인을 찾아내어 골목길을 빠져나왔 다. 건널목을 건널 때도, 자동차를 피할 때도 휠체어에 앉은 엄 마의 부피를 염두에 두고 내 몸보다 서너 배 큰 공간을 만든 후 에 움직여야 하니 모든 게 조심스럽다.

문득 휠체어에 앉은 엄마는 어떤 기분일지 짐작해 본다. 약간 의 경사로를 내려오기라도 하면, 엄마가 반사적으로 휠체어 손잡이를 꼭 잡는 모습을 자주 본다. 휠체어에 앉아 있는 사람 역시 미는 사람만큼 노면의 기울기나 울퉁불퉁한 정도를 몸으로 잘 느끼는 듯하다. 그러니 휠체어를 밀고 가는 사람에 대한 믿음이 없다면, 방어할 아무런 능력이 없는 자기 몸을 내맡길 수도 없을 것이다.

이런저런 생각을 하며 건널목을 건너 아파트 담벼락을 따라 걸었다. 엄마는 진분홍색 꽃을 수없이 피우고 있는 꽃잔디에 시선을 멈추었다가, 새롭게 피기 시작한 수국에 감탄하기도 했다. 얼마 지나지 않아 직접 기른 푸성귀를 내다 파는 할머니를 만났다. 내가 호기롭게 말했다.

"엄마, 사고 싶은 거 있으면 뭐든 다 사세요."

엄마는 호박잎, 취나물, 쑥갓, 버섯, 고추, 대파, 쑥까지 골랐다. 7가지를 사니 들고 올 수 없을 만큼 부피가 크다. 모두 합해서 2만 원이 넘지 않은 장보기에, 엄마는 오랜만에 매우 기분이 좋아 보였다. 흡사 부자들이 명품 가게에 가서 '여기부터 여기까지 모두 주세요.'라고 말하는 듯한 표정으로 신나 했다.

돌아오는 길에 엄마에게 물었다.

"엄마, 지금 별로 필요도 없는 이 많은 푸성귀를 왜 샀어요?"
그게 당장 필요해서라기보다 그저 팔아 주고 싶었다는 의외의 대답을 한다. 젊은 시절 엄마가 물건을 팔러 갔는데 사 주지 않으면, 그 집을 돌아서 나오는 머리 뒤통수가 그렇게 서늘하고 부끄러울 수가 없더란다. 그러니 엄마는 파는 사람을 위해 그 많은 푸성귀를 산 것이다. 돌아와서 엄마와 마주 앉아 침대 위에 신문을 깔고 느릿느릿 손을 움직여 채소를 다듬었다. 엄마는 나보다 더 느린 손길로 채소 다듬기에 정성을 들인다. 나와 함께하는 시간을 조금이라도 더 늘려 보고 싶은 걸까? 오늘, 이 순간이 엄마의 바람대로 더 느리고 천천히 지나갔으면 좋겠다.

이제 상황이 역전되었다. 엄마는 어느 날 갑자기 엄마가 사라질까 불안에 떨던 어릴 적 내 모습을 그대로 재연하고 있다. 내가 저녁에 운동을 하러 가면서 엄마 집에 들르면 늘 똑같은 질문을 한다. 밖에 운동하는 다른 사람이 있는지, 출장길에 들러도 함께 가는 사람이 있는지 꼭 물어보고, 차 조심하라는 말도 잊지 않는다.

엄마가 돌아가시고 나면 오늘 저녁이 그리울 것 같다. 나는 오래도록 엄마와 함께 다듬은 나물을 싱크대 앞에 서서 씻고, 또 데치고 무쳤다. 밤이 깊어져서야 돌아서 나오는데, 엄마는 언제나처럼 오늘도 두 손을 공손히 모으고 인사한다.

"고맙다. 어서 가서 쉬어라."

이 모습이 마지막 모습이 될지 모르니 늘 엄마 눈을 똑바로 바라보고 인사한다. 어쩌면 구순 엄마의 일상 중 모든 순간이 다시 되돌릴 수 없는 마지막 모습일 것이다.

마음속으로 나는 매일 이렇게 인사한다.

"엄마, 오늘도 살아내느라 수고하셨습니다."

2

생의 디딤돌이 된 기억

기억의 표지판이 된 백김치

하루에도 몇 번씩 들르던 엄마 집. 엄마는 병원에 입원하고 없지만 나도 몰래 발걸음이 이쪽으로 옮겨졌다. 멍하니 앉아 있다가 냉장고 정리부터 시작해 본다. 먹다가 남은 미역국은 지퍼백에 넣어 냉동실에 보관하고, 먹지 않으면 금방 상하는 들깨순 잔멸치볶음, 봄동무침, 미나리무침은 싱크대에 쏟아 버렸다. 냉장고 한쪽에 노란색 배춧속으로 만든 백김치가 투명한 통에 얌전히 담겨 있다. 새콤한 냄새가 난다. 보관할지 버릴지 쉽게 결정할 수가 없다. 잘 발효된 백김치의 냄새가 싫지 않다. 잠깐 고민하는 사이, 어른이 되면서 덮어 두고 지냈던 기억 하나가 문득 떠올랐다.

잘 익은 백김치의 새콤한 냄새가 기억의 표지판이 되어, 나를 어릴 적 어느 하루로 단박에 데리고 갔다. 홍차 한 모금이 마르셀 프루스트에게 '잃어버린 시간'을 찾아가는 기억의 통로가 되었듯이. 노란 배춧잎에 켜켜이 포개어진 냄새와 빛깔이 나를 다른 시간대에 접속하도록 마술이라도 부리는 것 같다. 잘 발효된 냄새로 작동된 마법은 나의 인식이 통제할 수 없는 몸속 어떤 감각 깊숙한 곳으로 나를 이끌었다.

그날은 바로 태어나서 부모님이 내 기억 속으로 처음 편입된 날이다. 이전의 기억은 없다. 고향을 떠난 아버지의 첫 사업은 산골짜기에서 나무를 베어다가 읍내 제재소로 내려보내는 산판山坂이었다. 언니는 초등학교 입학을 1년 미루어야 했다는 말을 들은 적이 있으니, 짐작건대 당시 8살이고 오빠가 6살, 나는 4살이었던 것 같다. 가을이었고 햇살이 고왔다. 우리 삼 남매는 읍내에 장을 보러 가는 엄마를 따라나섰다. 오랜만의 외출이 소풍인 양 즐거웠다. 읍내 방앗간에서 고춧가루도 부수고 속이 샛노란 배추도 몇 포기 샀다. 김치를 담그는 어느 집에선가 배추 속잎을 뜯어서 빨갛게 개어 놓은 김치 양념에 찍어 먹기도 했다. 장을 다보고 돌아오는 길에 갑자기 비가 내리기 시작했다. 인정 많은 마을 사람이 준 파란색 비닐우산을 머리에 받쳐 이고, 우리는 아버지가 나무를 내리기 위해 설치해 놓은 통로 위를 걸어 올라갔다. 엄마가 맨 앞에 서고 우리는 뒤이어 나란히 서서 걸었다. 통로는 비에 젖어 미끄러웠지만, 젊은 엄마는 호랑이가 나올지도 모를 어두컴컴한 산길로 돌아가기가 좀 무서웠을 것이다.

예기치 못한 순간, 앞서가던 엄마가 빗길에 미끄러져 내려온 통나무에 맞고 쓰러졌다. 나는 그 순간 그 장소로 되돌아가 질문

해 본다. '맨 앞에 선 엄마는 미끄러져 내려오는 통나무를 미처 못 보았나? 왜 피하지 않았을까?'

사실 해답은 간단하다. 지금 내가 두 딸의 엄마로서 생각해 보면, 엄마는 피하지 못했다기보다는 그 세찬 통나무를 몸으로 막았을 게 분명하다. 엄마 바로 뒤에 어린 자식들이 오종종히 늘어서 있었으니 말이다. 빗길에 세차게 미끄러져 내려온 통나무가 엄마를 치고, 이후 언니의 다리까지 부러뜨렸을 때, 여섯 살 오빠는 내 손을 잡고 막 땅으로 뛰어내렸다. 곧이어 오빠가 어른들을 부르러 뛰어 올라갔다. 오래된 무성 영화 속 장면처럼 희미하지만, 나는 엄마와 언니의 다리에서 뿜어 나온 피가 비에 씻겨 내려가는 것을 울면서 바라본 기억이 난다. 바닥에 흐르던 핏물에서 무지개색이 어른거렸던 것 같기도 하다. 엄마가 머리에 이고 가던 샛노란 배추는 나무 통로에 어지럽게 널브러져 있었고 주변 울창한 숲에서는 물안개가 뿌옇게 피어올랐다.

얼마 지나지 않아 나는 아버지의 등에 업혀 있었다. 아버지의 등은 이미 땀에 젖어 축축했고, 빗속을 뚫고 산길을 바삐 걸어야 했던 아버지의 등에서 나는 자꾸만 잠에 빠져들었다. 아버지 등은 걸을 때마다 흔들거렸고 내 몸은 자주 등에서 미끄러져 내렸다. 아버지는 잠이 들어 축 늘어진 나를 자꾸만 추켜올리며 이름을 불렀다.

"선아, 선아, 잠들지 마라."

아버지 목소리에는 절박함이 묻어 있었다. 엄마와 언니는 나를 업은 아버지 뒤에서, 산판 인부들이 급히 만든 들것에 실려서 따라왔다. 병원이 있는 읍내까지는 30리 길이었다. 울퉁불퉁한 산길을 걷는 아버지 등에 업혀서, 혼곤한 잠 속에 빠져들던 내 귓가에 엄마의 신음과 언니의 울음소리가 밤새도록 멀어졌다가 다시 가까워지기를 반복했다. 실눈을 떠 보니 기름을 먹인 횃불이 어둠 속에서 아지랑이처럼 몽롱하게 피어오르고 있었다. 그때 횃불의 기름 냄새와 피비린내보다 흠뻑 젖은 아버지 등에서 훅 끼쳐 오던 땀 냄새가 더 뜨겁게 느껴졌다. 기억이 일부 왜곡되었을 수도 있지만, 비에 젖은 나무 통로 위에 흩뿌려졌던 배추의 샛노란 빛깔과 아버지 등에 업혀서 맡았던 시큼한 땀 냄새만큼은 선명하다. 프루스트가 자기 몸이 과거의 충실한 수호자라고 했으니, 아마 맞을 것이다.

같은 순간, 같은 사건도 다르게 기억된다. 다리를 다친 엄마와 언니에게는 아픔으로 남았을 그 밤이 나에게는 애틋함으로 남았다. 가끔 아버지 등에 업혀 있던 때, '자지 말고 목을 꼭 안아 드렸으면 아버지가 덜 힘들었을 텐데.'라는 생각을 한다. 이는 아버지에 대한 그리움 때문이리라. 절박한 가난 속 엄마의 고단함과 달리, 나는 궁핍했던 어린 시절의 모든 순간을 따스하게 기억한다. 딸이 가난하고 힘들게 살기를 바라진 않지만, 내 어린 시절의 가난과 고통은 한순간도 잊고 싶지 않다. 이런 결핍들이 모두 나를 만든 것이니 오히려 소중하다.

가난은 아끼게 만든다. 물건뿐만 아니라, 함께했던 시간이나 기억조차 버리기보다는 애틋하게 보듬는다. 어릴 적 우리 형제들은 서로를 지독히 아끼고 살뜰히 챙겼다. 가난은 우리를 일찍 철들게 했고, 그래서 더 의연하게도 했다. 그동안 잃어버릴까 두려워 깊이 숨기고 살았던 것인가. 엄마 냉장고 속 백김치 덕분에 덮어 두었던 기억 하나가 홀로그램처럼 눈앞에 펼쳐졌다. 퍼뜩 깨어나 보니 땅거미가 지고 있다. 새콤하게 잘 익은 백김치는 버리지 말고 집으로 가져가서 먹기로 마음먹는다.

슬플 땐 자반고등어

어린 시절 엄마의 치맛자락에서는 늘 비릿하고 차가운 바람 냄새가 묻어났다. 그것은 궁핍의 냄새였고 젊은 새댁에게서 나는 살냄새이며, 실제로 머리에 이고 팔러 다니던 생선 냄새이기도 했다. 배고픈 날이 많았던 나의 미각과 후각은 매우 예민했나 보다. 그때 먹었던 음식의 맛이나 색깔, 냄새는 몸속에 저장되어 있다가 예기치 못한 순간 불쑥 튀어나온다. 그리고 잊고 살았던 어떤 시간으로 나를 안내한다. 드문드문 흩어져 있지만, 이른 새벽이나 캄캄한 밤에 부엌을 서성이던 엄마와 가난한 밥상에 대한 기억은 늘 분리되지 않고 하나의 덩어리로 뭉근히 존재한다. 힘든 운동 후에 근육이 당기는 뻐근함이 쾌감을 동반하듯이, 엄마를 떠올리면 따스함과 가난한 음식에 대한 기억이 함께 따라 나온다.

냉장고가 없던 시절, 산동네 사람들은 장날에 읍내로 나와 생선을 사 가곤 했다. 대개는 말리거나 소금에 절인 것이지만 말이다. 바쁜 농사일 때문에 장에 오지 못하는 사람들은 자신의 동네로 물건을 팔러 오는 엄마를 기다렸다. 엄마는 청송 읍내 생선 가게에서 자반고등어를 사서 차도 다니지 않는 산골, '옹점'이란 마을로 팔러 다녔다. 무거운 자반고등어가 가득 담긴 빨간 고무통을 머리에 이고 날마다 고갯길을 절뚝거리며 걸어갔다. 머리에 이고 간 물건을 팔고 나면, 돈 대신 퍼 주는 보리쌀이나 좁쌀 등을 받아서 다시 그 먼 길을 되짚어 오곤 했다. 머리에 이고 온 곡식들로 읍내 생선 가게에 물건값을 치르고 나면, 우리 식구 하루치 식량밖에 남지 않는 그 일을 엄마는 우리가 다 자랄 때까지 했다.

어두워져도 엄마가 돌아오지 않으면, 오빠와 나는 동네 초입까지 나가서 기다렸다. 마을을 지키는 오래된 향나무 아래에서 엄마를 기다리는 시간은 더디기만 했다. 캄캄한 재를 넘어오다가 엄마가 호랑이한테 잡아먹히는 상상이라도 하게 되면 진저리를 치며 몸을 떨었다. 뚫어져라 어둠을 응시하던 눈앞에 엄마가 보이면 힘껏 달려가서 품에 안겼다.

"엄마~"

엄마는 세상의 모든 어두움과 두려움을 덮어 버리고도 남는 커다란 존재가 되어 주었다. 가로등이 없어도 우리는 바로 엄마를 알아볼 수 있었는데, 절룩이며 걸어오는 엄마를 둘러싼 어둠이 먼저 출렁거렸기 때문이다. 머리 위 짐이 무거운 날엔 엄마 주변 공기의 출렁임이 더욱 세찼다.

엄마가 매일 자반고등어를 팔러 다닌다고 해서 우리가 고등어를 자주 먹은 것 같지는 않다. 엄마의 빨간 고무통 위에 가지런히 놓여 있던 자반고등어가 정작 입속으로 들어오는 건 우리 형제들의 생일뿐이었다. 물론 드물게는 엄마가 다 팔지 못해서 되가져온 날에도 먹었다. 쌀밥 위에 얹어 먹던 생일날 아침의 자반고등어는 무엇과도 비교할 수 없는 맛이었다.

엄마의 부엌은 재미와 행복의 곳간이었다. 엄마는 불 조절이 쉽지 않은 연탄불 위에서도 자반고등어를 잘 구웠다. 소금에 절인 등 푸른 생선은 알맞게 곰삭은 냄새와 쉽게 부서지지 않는 특유의 쫄깃함을 가지고 있었다. 자반고등어가 석쇠 위에서 시뻘건 연탄구멍 속으로 기름을 떨구면 마술을 부리는 것처럼 연기가 하얗게 피어올랐고 껍질이 툭툭 터지는 소리가 났다. 여름에는 호박잎을 밥 위에 얹어서 쪄 먹었는데, 푸릇하게 물이 든 밥과 고등어살을 얹어 쌈을 싸 먹기도 했다.

엄마는 가끔 자반고등어 조림도 해 주었다. 먼저 냄비 밑바닥에 큼직하게 썬 감자를 깔고, 고등어를 반으로 잘라 나란히 앉힌 후 쌀뜨물을 자작하게 부었다. 그 위에는 청색과 홍색 풋고추를 어슷하게 썰어 넣고 마늘, 호박, 양파도 넉넉히 넣었다. 감자가 포근히 익고 걸쭉한 국물이 졸아들면 맵고 달큼한 냄새가 퍼져 나왔다. 우리는 우그러진 양은 밥상에 둘러앉아 포슬포슬 잘 익은 감자를 숟가락으로 퍼먹었다. 고등어의 짭조름함과 고추의 알

싸한 맛이 스며든 감자는 요즘 먹는 버터 감자 구이보다 훨씬 더 맛있었다. 버터 감자 구이가 혀끝으로 느끼는 가벼운 맛이라면, 자반고등어 조림 속 감자는 입안 가득 통각을 자극하는 깊은 맛이었다.

가난에도 맛이 있다면, 가난은 분명 이 자반고등어처럼 짭조름하고 오래 여운이 남는 맛일 것이다. 지금도 나는 기분이 가라앉거나 슬플 때면, 비싼 소고기나 장어구이보다 자반고등어를 구워 먹는다. 요즘 사람들이 말하는 '소울푸드'라는 것이 바로 이런 것이지 싶다. 사실 어릴 적 먹었던 음식에 대한 기억은 몸속 깊은 곳에 저장되어 있다가, 힘들 때마다 솟아 나와 고통을 인내하게 하는 효능을 부렸다. 그러니 자반고등어는 나에게 '부적'이었다고 해도 지나치지 않다. 엄마가 온 힘을 다해 키워 주었으니, 그 보답으로 어디에서나 당당하고 또 행복한 삶을 살아야 한다고 나에게 주문을 걸면서 살았다. 그렇게 생각하면 간혹 가난하거나 그래서 겪는 슬픔도 삶을 일으키는 밑천이 되는 듯하다.

소설가 정찬은 그의 산문집 『슬픔의 힘을 믿는다』에서 "인간이 가진 소중한 능력 가운데 하나가 슬퍼하는 능력이라고 생각한다. 슬픔 속에는 원한마저도 정화하는 힘이 있기 때문이다." 라고 말한다. 아닌 게 아니라 끝 모를 슬픔을 겪은 사람의 눈은 어둡지만, 그 깊이 때문에 오히려 고요하다. 차분히 가라앉은 고요

함은 슬픔을 이길 수 있다는 만용을 버린 겸손에서 나오는 것일 게다. 물에 빠진 사람이 밑바닥까지 가라앉으면 비로소 발끝으로 바닥을 치고 위로 올라올 힘을 얻듯이, 지극한 슬픔에 빠져 본 사람은 오히려 원한도 껴안고 분노도 넘어설 수 있지 않을까? 자반 고등어는 가난의 맛이고, 나를 지켜 준 부적이며, 슬퍼할 줄 아는 인간으로 살아갈 수 있는 힘을 가지게 해 준 엄마의 유산이었다.

엄마의 달걀 반숙

희미한 백열등 아래 엄마가 서성이던 부엌은 덥지도 춥지도 않았다. 한겨울조차 아늑했다. 나무판자로 어설프게 잇대어 만든 부엌 문짝 틈새로 햇살이 비집고 들어와, 무대 위의 핀 조명처럼 엄마를 비추었다. 엄마는 무대에서 1인극을 하는 배우이자 자기 삶의 감독이었다. 햇살을 따라 부유하던 먼지들이 어지러이 춤을 추던 그곳은 나에게도 연극 무대였나 보다.

초등학교 6학년 때의 일이다. 그날따라 손에 든 책가방이 너무 무겁게 느껴지고 진땀이 나는 것 같았다. 전체 조례가 있는 날이었지만 교실에 남아 책상 위에 엎드려 있었는데, 갑자기 몸이 기울면서 쓰러져 버렸다. 내가 걱정되어 운동장 전체 조례에 나가지 못했던 친구들이 나를 번갈아 업고 학교 앞 의원으로 뛰어갔다. 지금 생각하니 미안하고 고맙다. 친구들은 나보다 덩치가 컸고, 내 몸은 좀 작았다 하더라도, 나를 업고 가기에는 좀 버거웠을 것이다. 먼저 의사 선생님이 내 눈을 뒤집어 보고 작은 전등으로 안구를 이리저리 비추었다. 나는 그 순간을 알아차릴 수 있을 만큼 의식이 있었지만, 그냥 눈을 뜨기가 싫었다. 조금 우스운 얘기이긴 하나, 나는 어릴 적부터 병약했던 언니가 부러웠다. 언니는 장티푸스와 다리 골절 등으로 몇 달 동안 약봉지를 달고 살았다. 나는 아파서 약을 먹어 본 적이 없었기에, 종종 언니가 먹고 버린 약봉지에 묻은 가루를 핥아 먹었다. 아마 언니를 부러워한 건 아픈 언니에게로 쏟아지던 엄마의 관심 때문이었지 싶다.

나는 난생처음 병원 침대에 누워서 링거를 맞는 호사를 오래 누리고 싶었던지 잠에 빠져들었다. 일은 그때부터 일어났다. 밭에서 일하던 엄마와 아버지가 달려왔다. 엄마는 쉰 듯 갈라지는 목소리로 내 이름을 자꾸 불렀다.

"선아, 선아, 선아."

그때 눈을 뜨고 싶었다. 마음속으로는 "엄마, 나 아무렇지 않아요. 걱정하지 마세요."라고 말하고 있었지만, 엄마가 내 이름을 애타게 부르니 은근히 그 순간을 더 즐기고 싶었다. 나는 내친 김에 그냥 눈을 감고 아픈 연기를 계속 이어 갔다. 아픈 척을 하니 진짜로 점점 더 힘이 빠지는 것 같았다. 엄마의 관심과 사랑을 받고 싶어서 스스로 생체 리듬을 조절하고 있었던 듯하다. 실제로 병약한 언니, 오빠 때문에 받지 못했다고 생각하던 관심을 이때 실컷 받아 보자는 영악한 계산을 하고 있었다. 의사 선생님이 진단한 나의 병명은 '영양 부족'이었다. 그 병명을 들은 엄마는 자책했고, 너무나 안쓰러워했다. 나는 금방 몹쓸 환자 연기를 후회했지만 돌이키기엔 너무 늦어 버렸다. 그해에 처음으로 아버지가 조그마한 사과밭을 임대했는데, 부모님은 밤낮으로 그 사과밭에 살다시피 하면서 힘겹게 매달렸다. 중고등학교에 다니는 언니, 오빠가 등교한 후에 대부분 혼자 밥을 먹어야 했던 나는 끼니를 거르는 것이 더 편해서 그리된 일이었다.

환자 연기를 한 다음 날부터 엄마가 날마다 나를 부엌으로 불러냈다. 그리고 그 시절 정말 귀했던 달걀을 반숙으로 삶아서 매일 아침 2개씩 먹게 했다. 달걀 반숙은 노른자가 반쯤 익어서 목이 막히지도 않고 흐르지도 않았으며, 따끈하고 촉촉했다. 영양실조 환자 연기 덕분에 그날 이후 엄마로부터 나는 단연 최고의 대접을 받게 되었다. 엄마의 '막내딸에게 매일 아침 달걀 반숙 2개 먹이기' 프로젝트는 정확하게 1년 동안 하루도 빠지지 않고 계속되었다. 순전히 달걀 덕분이라기보다는, 엄마의 사랑을 온몸으로 받고 있다는 확신이 나를 성장시켰다.

1년 동안 키가 10cm나 크고, 몸무게도 부쩍 늘었다. 아침마다 부엌에서 내가 달걀을 먹는다는 걸 착한 언니, 오빠는 정말 몰랐을까? 알고 있으면서도 모른 척했을 것이다. 물어보고 싶지만, 모두 이 세상에 없으니 들을 수 없는 대답이 되어 버렸다. 철없는 나와 달리 엄마는 자식이 영양실조라는 말에 그 어두웠던 부엌에서 얼마나 많은 검은 눈물을 쏟아 내었을까 싶다. 울퉁불퉁한 흙바닥을 빗자루로 싹싹 알뜰하게 쓸면서, 소금밭에서 소금을 모으듯 엄마가 날마다 눈물을 모으고 있지는 않았을지 죄송하다.

그때 부엌에서 나 혼자 달걀을 먹던 특별한 기억은 그 후로 살면서 언니, 오빠와의 어떤 머들거림도 다 녹여 낸 것 같다. 달걀을 매운 음식과 같이 먹으면 매운맛을 중화시킨다고 한다. 나는 언니나 오빠가 인생에서 매운맛을 볼라치면, 내 삶에서 무엇보다 그 순서를 우위에 두고 함께 해결하고 싶어 했다. 이는 모두 나만 먹던 달걀 반숙에서 기인한 것이다. 어쩌면 언니, 오빠가 더 이상 이 세상에 존재하지 않게 되었을 때, 내가 얼마나 불행해질지를 예측한 내 이기적 유전자 때문인지도 모르겠다.

그 당시 연기를 마다하지 않을 정도로 엄마 관심이 필요했던 나였지만, 요즘은 요양병원에 입원해 있는 엄마가 잘 받지 않는다는 핑계로 전화도 드문드문 한다. 지금의 엄마에게는 그 무엇도 아닌, 그저 엄마 얘기를 들어 줄 사람이 필요한지도 모르겠다. 더 늦기 전에 오늘 밤에 다시 전화기를 들고 엄마와 접속을 시도해 봐야겠다.

헐렁한 비빔밥과 쫀쫀한 비빔밥

딸은 레시피가 있어야만 요리를 한다. 물론 장점도 있다. 맛을 본 적이 없어도 그대로 따라 만들 수 있다. 그 음식은 딱 평균치의 맛일 것이다. 누가 만들어도 비슷한 맛이 나는 그런 맛 말이다. 엄마는 비빔밥을 만들 때 일정한 법칙이 없었다.

엄마의 비빔밥은 그래서 날마다 맛이 달랐다. 그날 채집한 모든 채소가 비빔밥 재료가 되었는데, 물론 아무 조리도 양념도 하지 않은 채로였다. 텃밭에서 촘촘하게 자라는 열무를 솎아 낸 날에는 열무 비빔밥을, 상추를 솎아 낸 날에는 상추 비빔밥을 해먹었다. 어린 푸성귀를 손으로 두어 번 비틀어서 찢은 후 양푼에 담기만 하면 되었다. 심지어 다 자라서 대가 삐죽이 올라온 키가 크고 억센 상추도 잎을 뜯어서 손으로 몇 번 찢으면 그만이었다. 이때 나오는 하얀 진액은 찐득하고 쌉싸름했다. 상추 줄기도 껍질을 벗겨서 된장찌개에 넣어 끓여 먹었다. 버릴 것은 아무것도 없는 듯했다. 엄마의 부엌에 조리법 같은 것은 애당초 없었으니,

음식이 오히려 개방적이고 독창적이었다고 회상한다. 그냥 그날에 먹을 수 있는 푸성귀라면 무엇이든 훌륭한 비빔밥 재료가 되었는데, 이때 일등 공신은 함께 넣고 비비는 된장찌개다.

엄마의 된장찌개는 강된장처럼 짜거나 뻑뻑하지 않았다. 그래서 맛도 모양도 좀 헐렁했다. 냉장고가 없던 시절이니 된장국을 끓이는 재료도 따로 정해져 있지 않았다. 그날 넣을 수 있는 재료를 다 넣어서 끓이면 되었다. 대개는 집 울타리를 타고 자라는 호박과 마당 한 켠에 심은 대파와 고추 같은 것이 찌개 재료의 전부였다. 유일한 동물성 맛은 멸치뿐이었지만 그것으로 충분했다. 엄마의 비빔밥은 재료보다 담는 순서가 더 중요했다. 맨 아래에 푸성귀를 놓고 그 위에 갓 지은 뜨거운 밥을, 마지막으로 묽은 된장국을 한 국자 끼얹는 것이 전부였다. 이 순서대로 하면 고개를 빳빳이 치켜들고 있던 푸성귀들이 멈칫 숨이 죽었다. 그래서 이 비빔밥의 절반은 공기가 차지하고 있는 듯해서 부담이 없었다. 게다가 밥도 보리밥이라 입속에서 오래 씹지 않아도 금방 목구멍 안으로 미끄러져 들어가서 좋았다.

어릴 적 먹어 본 비빔밥은 종류가 하나 더 있었다. 바로 장날마다 먹던 시장터 국밥집의 비빔밥이다. 읍내 장터에 오일장이 서는 날이면 엄마는 그 국밥집에 일을 도와주러 갔다. 당시 엄마가 품삯 외에 하나 더 받은 것이 있었다고 기억한다. 국밥집 바로 앞 초등학교에 다니던 오빠와 내가 점심시간에 얼른 뛰어가서 비빔밥과 소고깃국을 공짜로 먹는 것이었다. 주인 할머니는 키가 작고 마른 분이었는데, 엄마가 자식에게 쌀밥을 먹이는 기쁨을 허락해 주었다. 지금 생각하면 참 감사한데, 그때는 왜 고맙다는 인사도 못 하고 할머니를 피해 다녔는지 모르겠다. 할머니네 비빔밥은 단일 푸성귀만 잔뜩 들어 있던 엄마 비빔밥과는 매우 달랐다. 고사리, 도라지, 콩나물, 무생채, 배추 나물, 당근 등 색색의 나물이 고슬고슬한 하얀 쌀밥 위에 얌전히 놓여 있었다. 엄마 비빔밥이 길들지 않은 야생마의 모습이었다면, 할머니네 비빔밥은 잘 차려입은 새색시 같았다.

비빔밥과 함께 따라 나오던 소고깃국도 맛있었다. 그 국은 듬성듬성 커다랗게 썰어 넣은 무와 토란대, 대파를 쇠기름으로 덖다가 뭉근해지면 통통한 콩나물을 집어넣어 끓인 것이었다. 장작불을 지핀 가마솥에 끓여서 그런지 재료의 성질들이 잘 어우러져 있었다. 엄청 뜨거웠고 검은 뚝배기 위에 붉은 쇠기름이 둥둥 떠 있었다. 국이 조금만 식어도 소의 동물성 기름 때문에 입술이 두껍게 느껴졌다. 그래도 그 두터운 맛이 주는 위로는 남의 집에서 공짜 밥을 먹는 우리 남매의 수치심을 덮을 정도였다. 나중에야 알게 된 사실이지만, 할머니네 비빔밥이 나에게 신세계였던 이유는 엄마가 얼른 한 방울 떨어트려 준 참기름의 맛 때문이었다. 화룡점정이었다. 참기름 한 방울은 비빔밥에 들어간 갖가지 나물들의 맛에 고소한 냄새를 입혀서 나물 각각의 이질적인 맛을 잃지 않으면서도 고르게 만들었다. 고사리나 도라지의 쓴 맛마저도 수더분하고 착하게 만들었던 것 같다. 오빠와 나는 평소 집에서 먹던 비빔밥과는 결이 다른 그 비빔밥을 고개를 숙인 채 바삐 퍼먹었다.

나는 어릴 적 먹었던 엄마의 비빔밥과 국밥집 할머니의 비빔밥, 이 두 가지를 모두 좋아했다. 재료에 대한 격식이 없는 엄마의 헐렁한 비빔밥에서는 삶의 재료도 그렇게 틀에 찍어 낼 필요가 없음을 배웠고, 시장터 국밥집의 비빔밥에서는 자신의 고유한 성질을 잃지 않고도 타인과 잘 섞이는 법을 배웠는지도 모른다. 아무튼 나는 비빔밥이 얼마나 맛있었으면, 심지어 딸에게 유언처럼 이런 말을 하기도 했다.

"내 제삿날에는 아무것도 차리지 말고 비빔밥 한 그릇만 제사상에 얹어 놓아 줘. 그리고 비빔밥을 좋아한 엄마를 추억하면 된다."라고 말이다.

어릴 적 먹던 비빔밥은 나의 교직 생활에도 영향을 미쳤지 싶다. 해마다 3월이 되면, 새로운 아이들이 모인 학급을 하나로 만들기 위해 꼭 '한솥밥 먹기' 행사를 벌였다. 아이들이 싸 온 도시락의 밥과 반찬을 모둠별로 함께 넣고 비벼 먹게 했다. 밥을 비빌 큰 그릇은 학교 가사실에서 가져와 사용하면 되고, 비빔밥 재료는 도시락 반찬으로 싸 온 김치, 햄, 달걀말이, 멸치볶음 등 무엇이든 괜찮았다. 각자가 가지고 온 도시락의 밥과 반찬을 모두 넣고 고추장과 참기름을 넣어서 비비기만 하면 되었다. 먹기 전에 담임 교사로서 이렇게 한마디 했다.

"성격이 뾰족하거나 네모난 아이, 동그란 아이들이 모두 이 비빔밥의 재료처럼 한데 섞여서 가족처럼 한 해를 잘 지내보자."

나는 별스러운 것 없는 비빔밥에 커다란 '의미'를 부여하곤 했다. 아이들이 참기름병을 책가방에 넣어 오다가 깨거나 쏟으면 큰일이니, 참기름과 고추장은 당연히 내가 준비했다. 모둠별로 돌아다니면서 비빔밥 그릇에 참기름과 고추장을 조금씩 넣어 주었는데, 이걸로 엄마가 아마도 주인 몰래 넣어 주었을 참기름 한 방울을 사회에 환원한 셈이라 친다. 요즘같이 들숨과 날숨도 섞이기가 두려운 때에는 가족이 아닌 누군가와 밥을 비벼서 함께 먹는 즐거움을 누릴 수 없어 아쉽다.

지금도 나는 가끔 외롭거나 허기가 느껴지는 날에는 비빔밥을 먹는다. 격식 없이 친해지고 싶은 사람과도 비빔밥을 먹는다. 가능하면 한 양푼에 비벼서 덜어 먹는다. 물론 식구끼리는 덜어서 먹지 않고 비빈 채로 같이 먹는다. 그래서 '식구'인 것이다. 비빔밥을 먹는 방법은 어쩌면 관계의 깊이를 말해 주는 것 같다. 적어도 나에게만큼은 그렇다.

차가운 마음을 데워 준 호박순 된장국

　해마다 아버지는 호박씨를 심었다. 집 안팎 담벼락 밑에 구덩이를 깊게 파고, 듬뿍 퍼부어 둔 인분이 삭기를 기다렸다가 정성껏 심었다. 얼마 지나지 않아 동그란 떡잎 두 장이 세상으로 나와 좌우로 떡 버티고 서서 기계 체조 선수처럼 줄기를 밀어 올렸다. 어느새 호박순은 더듬이 같은 하얀 손을 뻗어 아버지가 미리 쳐 놓은 줄을 타고 억세게 담벼락을 기어올랐다. 여름은 호박꽃과 함께 왔다. 특별한 놀거리가 없는 산골 마을에서 꽃술을 품은 호박꽃은 당연히 탐색의 대상이었다. 샛노랗고 도톰한 꽃은 뽀송한 꽃잎을 활짝 벌려 벌들을 불러들였다. 벌은 호박꽃 깊숙이 침투해서 꿀을 얻고, 암수가 다른 호박꽃은 이꽃 저꽃을 넘나드는 벌들의 춤사위로 동그랗고 윤이 나는 호박을 키워 냈다.

　나는 여름 내내 담벼락 어디 어디에 호박이 자라고 있는지 유심히 관찰하고 기억해 두느라 분주했다. 호박이 어느 정도 자라

호박볶음이나 된장국에 들어갈 즈음이 되면 더욱 바삐 움직였다. 마치 호박 지킴이나 파수꾼이라도 된 것 같았다. 나는 아침마다 엄마 몰래 방금 딴 싱싱한 호박잎으로 애호박을 덮어서 호박이 없는 것처럼 위장해 놓았다. 그 전날 저녁에 덮어 두면 호박잎이 시들어 혹시라도 들킬까 봐 호박이 자라는 동안 늘 엄마보다 먼저 일어났다. 엄마는 부엌에서 밥을 짓다가 나와서 호박 언저리를 기웃거리며 말했다.

"이상하다. 이 부근에 분명히 애호박이 하나 있었는데 안 보이네."

엄마 옆에 지키고 서서 모른 척 시치미를 떼고 있는 그 순간은 최고로 짜릿했다. 기쁨을 숨기느라 가슴이 뛰었다. 그때부터 호박으로 반찬을 만들려는 엄마와 애호박을 지켜 주고 싶은 나와의 겨루기가 시작되었다. 물론 엄마는 모르는 나 혼자만의 신경전이었지만 말이다. 며칠 후 호박을 덮었던 잎이 마르고 나서 기어이 발견되어도 애호박은 살아남는다. 이미 몸속에 제법 단단한 호박씨를 키우고 있어서 엄마가 그만 포기하고 말기 때문이다. 위기를 넘긴 호박은 담장 위에서 누렇게 익어 갔다. 서리가 내리기 직전 엄마가 무섭게 몸무게를 불린 호박을 안아서 우리 방 윗목에 들여놓는다. 이후 호박은 낡은 이불이나 옷을 입고, 겨울 동안 우리와 함께 살아간다.

스마트폰도 TV도 없던 시절, 나는 우리 집 담벼락에서 태어나 자라는 생명에게 관심과 사랑을 퍼부으며 교감을 나누었던 것 같다. 내가 호박을 지키듯 호박도 나의 성장을 지켜보았지 싶다.

나는 중학교 2학년 때, 지금은 체험학습이라고 불리는 수학여행을 가지 못했다. 여행비를 낼 수 없어서 가지 않겠다고 하는 나를 담임 선생님이 끝까지 설득하려고 노력했다.

"강선아, 한 반에 가정 형편이 어려운 학생 한 명은 수학 여행비를 안 내고 공짜로 갈 수 있어. 네가 반장인데 안 가면 아이들은 누가 통솔하니?"

교사가 된 이후, 나도 이런 말을 여러 번 해 왔다. "수학 여행비를 내지 않아도 되니 함께 가자."라고 조심스레 말하면, 아이들은 무난하게 받아들였던 것 같다. 그 시절 나는 왜 그렇게 날카로웠을까? 마치 음지에서 햇빛을 못 받고 웃자란 식물처럼 좀 삐딱했던 것 같다. 사회복지의 개념이 보편화되기 전이니, '공짜'라는 선생님의 말을 순순히 받아들이기가 좀 부끄러웠고 또 부당하게도 느껴졌을 것이다. 그때 내가 다니던 청송여자중학교가 수학여행지로 선택한 곳은 공교롭게도 부산이었다. 나는 속마음과 달리 삐뚤게 대답했다.

"수학여행지인 부산은 가 보고 싶지 않아요."

그때는 삶이 나를 어디로 데려갈지 알지 못했다. '부산은 가보고 싶지 않다'라고 당차게 쏘아붙였건만, 중학교 졸업 후 뜻밖에 부산으로 이사를 왔고 지금까지 40년 넘게 살고 있다.

담임의 설득에도 끝까지 고집을 부리다 일어서는데 선생님이 달래듯이 말했다.

"내일 아침에 집 앞으로 데리러 갈게. 준비하고 있어."

수학여행 가는 날 새벽, 담임 선생님이 우리 집 담장 너머에서 내 이름을 불렀다.

"강선아, 강선아, 선아!"

그 새벽 조심스러운 선생님의 목소리는 호박꽃이 나팔이라도 되어 주듯, 담장을 넘어 내 귀에 점점 더 크게 들려왔다. 잠든 척했다. 아니, 그 순간을 모른 척하기 위해서 밤새 잠들지 못했었던 것 같다. 가슴이 방망이질하듯 마구 뛰었다. 울고 싶지만, 옆에 누운 엄마한테 들키지 않으려고 돌아누우며 어금니를 깨물었다. 뜨거운 눈물 한줄기가 베개로 쭉 흘러내렸다. 어느덧 내 이름을 부르던 선생님의 목소리는 더 이상 들리지 않았다.

아침에 일어나 보니 산간 지방이라, 10월 말인데도 호박잎으로 뒤덮인 담장 위에 서리가 하얗게 내려 있었다. 억세게 기어오르던 호박순은 서리가 내리면 이제 제 역할을 다했다는 듯 힘이 빠진다. 엄마는 아무 내색하지 않고 어리고 부드러운 호박잎과 호박순을 따고 있었다. 미처 다 자라지 못한 손톱만 한 어린 호박도 함께 땄다. 여름 내내 그토록 애착을 가지고 지키고 싶었던 호박이었지만, 더 이상 호박순과 어린 호박을 따 버리는 엄마를 말리지 않았다. 서리가 내린 탓도 있지만, 큰일 뒤의 작은 고민 하나쯤은 아무것도 아니라는 듯 마음이 조용히 가라앉았다.

음식으로 마음에 선한 씨앗을 심을 수 있다는 걸 그때 알았다. 엄마가 그랬다. 엄마는 여린 호박잎과 호박순을, 쌀을 씻듯이 손으로 치대고 문질렀다. 상처 입은 잎사귀들이 시퍼런 물을 토해냈다. 잎들을 애무하듯 녹록한 쌀뜨물과 멸치를 넣고 끓이다가, 호박순에 매달려 있던 어린 호박을 칼등으로 툭 깨트려 넣고 된장을 풀었다. 국물에서 구수한 냄새가 퍼지자, 엄마는 그날 특별히 수제비를 몇 개 떠 넣었다. 수제비는 매끈하게 잘 반죽 된 것이 아니라, 밀가루에 물을 적당히 붓고 숟가락으로 저어서 어우렁더우렁 뭉쳐진 정도였다. 엄마는 뜨겁고 걸쭉해진 호박순 된장국을 큰 그릇에 한가득 퍼서 내 앞으로 밀어 주었다. 수제비의 밀가루가 풀어지면서 온기를 가두어서 그랬는지, 걸쭉한 호박순 된장국은 다 먹을 때까지 몹시도 뜨거웠다. 그 따스함이 분명 내 가슴속 응어리까지 풀어 준 게 분명하다. 이후 나는 조금 더 있는 그대로를 받아들이는 명랑한 아이로 자랄 수 있었다.

그날 아침, 엄마도 선생님이 나를 부르는 목소리를 분명 들었을 것이다. 그런데 아무런 내색도 하지 않았다. 그저 묵묵히 내 시린 속을 달래듯 뜨거운 호박순 된장국을 끓여 주었다. 엄마는 분명 내가 수학여행에 함께 가 주기를 바랐을 것이다. 그랬으면 엄마 마음이 덜 불편했을 테니까. 그럼에도 수학여행을 가라고 권하지 않았던 이유는 아마도 어린 딸의 생각을 존중해서였을 것이다. 전날 저녁에 나는 학교에서 있었던 일을 자세히 설명하고, 절대로 수학여행에 따라가지 않겠다고 강하게 말했었다. 어린 딸들에게 늘 내 생각을 강하게 주입하던 나와 달리, 엄마는 묵묵히 내 결정을 존중하고 지지해 주었다. 다시 생각해도 감사하다.

당시 수학여행지인 부산을 여행하고 싶었던 진짜 내 바람은 이후 부산에 살게 되면서 수십 년 동안 날마다 이루어지고 있는 셈이다. 나는 수학여행 온 아이처럼, 날마다 즐겁게 여행 중이다. 최근에는 부산에 체험학습을 오는 아이들이 사용할 수 있도록 교육청 주관 학습자료를 몇 권 개발하기도 했다. 이토록 생은 예측 불가능해서 더 반짝이는지도 모른다.

쌀 한 줌에 담긴 기억

엄마는 밥을 버리지 못한다. 먹다 남은 밥은 냉동실에 얼렸다가, 다음에 죽이나 누룽지로 만들어서 먹는다.

"엄마, 요즘 누가 밥을 귀하게 여긴다고 밥을 얼리면서까지 모으는 거예요."

나는 퉁명스럽게 말했지만, 그 이유를 알 것도 같다. 엄마가 우리 형제들을 키울 적에는 쌀밥이 참 귀했다. 쌀밥이 아니더라도 남편은 남편이라서, 아들은 아들이라서, 딸은 딸이라서 먼저 퍼주고 나면, 엄마는 밥도 국도 늘 시원찮았다. 이제 온전한 삼시 세끼 따뜻한 쌀밥과 국, 반찬들을 맘껏 먹을 수 있게 되었는데 정작 엄마는 식욕이 사라져 버렸단다. 이것이 바로 삶의 아이러니다.

평생 자식들 입으로 들어가는 밥을 걱정했던 엄마에게 밥 한 그릇은 단순한 밥 이상의 의미였을 것이다. 엄마의 목으로 넘어가야 할 쌀밥이 냉동실에서 꽁꽁 언 채로 내 손에 차갑게 쥐어졌다. 평생 귀히 여기고 살았을 뽀얀 쌀밥 한 그릇에 어떤 게놈지도가 숨어 있다면, 엄마 못지않게 나에게도 쌀 한 주먹에 대한 결코 잊을 수 없는 기억이 있다.

    초등학교 1학년 여름날이었다. 나는 엄마 몰래 쌀독에서 쌀을 한 주먹 집어 나왔다. 당시 쌀은 매우 귀한 주전부리였다. 깊은 독 바닥에 깔린 쌀 한 주먹을 집어내는 데는 성공했지만, 이윽고 꼭 거머쥔 작은 손가락 사이로 쌀이 또르르 흘러내리는 걸 막지는 못했다. 쌀이 방바닥에 부딪는 소리가 어찌나 컸던지 그만 들키고 말았다. 쌀 한 톨도 애지중지하던 엄마에게 혼이 난 건 당연한 일이었다. 눈물을 질금거리며 집 앞 냇가로 나갔다. 땡볕이 쏟아지는 한여름 낮, 아무도 멱을 감지 않는데 나는 뒷집 친구 명자와 헤엄을 치며 놀았다.
    갑자기 명자가 말했다.
    "선아, 우리 깊은 물에 가서 놀아 볼래?"
    내가 대답했다.
    "싫어, 난 헤엄을 못 쳐. 무서워."
    명자가 말했다.
    "괜찮아. 빠지면 내가 건져 줄게."
    나보다 한 살 많은 친구의 말이 미덥기도 했고 방금 엄마에게 꾸중을 듣고 나온 터라 뭔가 금지된 행동을 해 보고 싶었다. 얕은 물에서부터 강물을 거슬러 물장구를 치면서 올라가다가 문득 암벽 밑에 섰는데, 발이 강바닥에 닿지 않았다. 순간 너무 놀라 허둥거리다가, 늪에 빠지듯 더 깊은 물속으로 미끄러져 들어갔다. 가라앉으면서 나는 엄마를 애타게 불렀다. 있는 힘을 다해서.

"엄마~ 엄마~ 엄마~"

나의 외침은 고요한 적막 속에서 물방울로 변하더니, 자꾸 위로 올라가다가 인어공주 이야기 속 그것처럼 사라져 버렸다. 물속에서 얼마나 절실하게 온 힘을 다해 엄마를 불렀는지 모른다.

그래도 운명의 여신은 내 편이었나 보다. 때마침 강 건너편에 있던 고등학교 학생에게 발견되어 구조되었다. 그는 선생님 몰래 빠져나와 강가에 앉아 담배를 피우던 중, 물 위에 떠서 소리를 지르고 있는 아이를 보고 강물로 뛰어들었단다. 명자를 구조하러 들어왔다가 강바닥에 가라앉은 나를 보고 학교로 달려가 친구를 데리고 와서 구조했다고 하니, 나는 거의 저승 문턱까지 갔다 온 셈이다. 요즘 같은 119시스템이 없던 당시에, 위급 상황에서 몸을 던져 목숨을 구해 준 그 고등학생이 참 고맙다. 수업 시간에 담배를 피우러 나온 것으로 보아 별로 모범적인 학생은 아닌 듯하지만, 그가 없었다면 나도 지금 없었을 것이다. 그래서일까? 나는 세상에는 정해지지 않은 길을 따라가는 사람이 꼭 필요하다고 생각해 왔는데, 선생이 된 뒤에도 학교에서 행동이 좀 삐딱한 아이들을 약간은 관대하게 대했다.

또 다른 쌀 한 주먹에 대한 기억은 아버지의 임종 직후 엄마가 아버지 입에 넣던 마지막 쌀 한 줌이다.

"엄마, 하지 마세요. 그렇게 하면 아빠가 숨을 못 쉬잖아요."

울며 매달리던 내 모습이 지금도 눈에 선하다. 그 방의 냄새와 온도, 습도까지 기억이 난다. 최근에 읽은 안희연의 산문집 『단어의 집』에서 '시드 볼트'라는 단어가 눈에 들어왔다. '시드 볼트'는 씨앗을 저장해 두는 금고를 의미한단다. 경상북도 봉화에 있는 국립 백두대간 수목원이 지구상에 단 둘뿐인 시드 볼트 중 한 곳이라고 하니 놀랍다. 시드 볼트는 말하자면 '새로운 노아의 방주'인 셈이다. 작가는 '시드 볼트'가 기후 변화나 핵전쟁 등 지구 차원의 대재난에 대비해 식물의 멸종을 막고자 마련된 곳간이라고 친절하게 설명하고 있다.

나는 엉뚱하게도 '시드 볼트'라는 다소 생소한 단어 앞에서, 왜 깊은 동굴처럼 벌어진 아버지 입속을 마지막으로 채우던 쌀 한 줌을 떠올린 걸까? 종말의 순간에야 비로소 열리는 문이라는 공통점 때문일지도 모른다. '시드 볼트'가 복원 불가능한 것들을 일으키는 유일무이의 수단이라지만 나에게는 다르게 읽힌다. 캄캄한 아버지 입속으로 떨어지던 쌀 한 줌은 죽음과 이별에 대한 트라우마를 남겼고, 내가 물에 빠지기 직전의 쌀 한 줌은 죽음의 문턱에서 엄마를 애타게 부르던 '절박함'으로 새겨졌다.

엄마는 언제까지 밥알을 목으로 넘길 수 있을까? 쌀 한 톨을 오래도록 바라보니 눈앞이 흐릿해진다. 희끄무레하고 뿌연 쌀눈이 눈을 지그시 감은 채 고요하다. 내가 죽은 줄 알고 병원으로 달려오던 엄마의 발걸음이 얼마나 무거웠을까? 쌀 한 줌 집어 가는 딸을 엄청 혼을 내서 보냈는데 그 길로 나가서 죽었다면 나는 분명 엄마 가슴에 평생 대못을 박은 나쁜 딸이 되었을 것이다. 그러니 내가 숨 쉬며 지금 살아 있는 것으로도 자식의 도리를 행하는 것이고, 엄마가 아직 숨 쉬고 있는 것만으로도 나는 복원 불가능한 어떤 시간을 누리고 있는 셈이다.

껌 한 개를 씹는 게 소원이었던 시대

1970년, 나는 산골 마을 초등학교에 입학했다.

모두가 배고팠던 시절이었고 먹고 사는 일은 삶의 거의 모든 것이었다. 이제는 먹거리가 넘쳐 나고, 학교 급식실에서 버려지는 음식 쓰레기 처리가 고민인 시대이다. 배고픈 일 같은 건 다 지나간 이야기 같지만, 현재도 50여 년 전에 내가 살았던 삶을 똑같이 사는 사람들을 목격했다.

몇 년 전, 큰딸이랑 페루 오지 마을에 봉사활동을 갔던 적이 있다. 함께 간 봉사 단원들과 학교에 화장실을 짓고, 평상도 만들고, 부엌 환경도 개선해 주었다. 해발 4,000M나 되는 안데스산맥 언저리 '와우야윌까 학교'에서 오래된 영화 속 정지된 화면처럼 나와 꼭 닮은 아이들을 만났다. 재연 배우처럼 짧은 단발머리와 낡은 옷, 고개를 약간 숙이고 낯선 사람을 빤히 보는 눈동자마저 어릴 적 나를 닮아 있었다. 학교 급식실인 부엌에는 햇볕조차 들어오지 않았다. 급식은 까맣게 거슬린 큰 양은 냄비에 우윳가루를 풀어서 끓인 우유 한 컵과 작은 옥수수빵 한 조각이 전부였다. 아이들은 건조하고 메마른 누런 산등성이를 배경으로 앉아서 두 손으로 빵을 공손히 받아 들고 먹었다. 그 소녀는 바로 나였다.

1학년이었던 나는 학교에서 점심으로 옥수수빵과 우유를 배급받았다. 미국이 무상으로 원조해 준 그것들이 당시 미국의 잉여 농축산물이라 할지라도 배고팠던 우리에게는 매우 고마운 것이었다. 빵은 직사각 모양의 판에 옥수숫가루 반죽을 붓고, 스팀으로 찐 후에 두부처럼 네모반듯하게 잘라 각 교실로 배달되었다. 우리는 새까맣게 때 묻은 손으로 따뜻한 빵을 뜯어 먹었다. 우유는 학교에서 직접 커다란 솥에 우윳가루를 풀어서 펄펄 끓였다. 각 반 당번이 군데군데 우그러진 누런 주전자에 우유를 한가득 받아 오면, 선생님이 한 컵씩 부어 주었다. 급식은 처음에 저학년생에게만 매일 주어지다가 나중에는 이틀에 한 번씩 제공되더니, 결국 그마저도 사라져 버렸다. 당시 배급받은 빵을 학교에서 다 먹었던 기억은 없다. 포장지에 싸여 있지도 않은 빵을 책 보퉁이에 넣어서 집으로 가져왔다. 그리고 고학년이라서 받지 못한 언니, 오빠와 나눠 먹었다. 빵은 양이 적어서 더 맛있었고, 함께 먹는 공감의 맛이라 더 달았다. 나눠 먹는 것이 빵만은 아니었다.

내게는 '온전한 껌 한 개를 씹는 것', 이것이 소원이던 시절이 있었다. 씹다 삼키는 것도 아니고 버리는 게 바로 껌인데, 껌 한

개를 다 씹는 일이 내게는 드문 일이었다. 누군가 껌을 한 개 나눠 주면 덥석 내 입에 넣지 못했다. 반 개만 씹고, 반 개는 호주머니에 넣어 두었다가 집으로 가져와 오빠나 언니에게 주었다. 눈 앞의 친구처럼 나도 직사각형 모양의 껌 한 개를 반으로 접은 후에 한 번 더 접어 입속으로 쏙 밀어 넣고, 볼이 미어터지게 씹으며 단맛을 음미하고 싶었다. 그러나 맛있는 빵 한 조각, 껌 하나가 내 입으로 들어가기 전에 저절로 형제들이 먼저 생각났다. 누가 시켜서 한 것은 아니었다. 먹을 게 늘 부족했던 우리에게 입으로 들어가는 것뿐만 아니라, 무엇이든 형제와 나누는 것은 당연했다. 가난과 결핍이야말로 나를 껌 한 개도 나누고 시시때때로 성찰하는 인간으로 살도록 조정해 왔지 싶다.

그래서였을까? 언니가 급하게 신장 이식이 필요하다고 했을 때, 나는 1초도 고민하지 않았다. 바로 "내 신장이 두 개이니 언니한테 한 개 나눠 줄게."라고 말했다.

그러나 받는 건 좀 다른 문제였다. 학창 시절에 가장 부끄러웠던 기억은 전체 조례에서 전교생이 '불우 이웃 돕기' 성금으로 모은 쌀과 국수를 받은 일이다. 당시 나는 6학년 아이들 대부분이 되고 싶어 하는 고적대 악장이었다. 모두가 선망하는 악장으로서, 넓은 운동장에 전교생이 보는 앞에서 내 가난이 만천하에 호명되었을 때는 숨고만 싶었다. 당시 선생님들은 가난한 아이에 대한 배려가 없었다. 그래도 그 후로는 숨길 게 없어서 가난이 덜 불편했다. 수백 명이 쏘아 보내는 눈빛이 등에 꽂혀 고스란히 느껴졌지만, 나를 간신히 붙잡아 준 것은 엄마 생각이었다. 부끄러움은 잠시이고, 이걸 가지고 가면 엄마 머리 위 짐보따리가 좀 가벼워질 것 같았다. 물건을 팔러 갈 때도 돌아올 때도 여전히 고개를 짓눌렀을 무게를 어린 나이였지만 잘 느끼고 있었다.

담임 선생님의 강력한 추천으로 고적대 악장이 되긴 했지만, 옷을 구매할 형편이 못 되어 걱정했다. 담당 선생님이 전년도 악장이었던 극장 집 영주 언니의 옷을 빌려주었다. 단원들의 옷이 흰색 티셔츠에 까만색 조끼와 주름치마였던 것에 반해, 악장인 나의 옷은 마치 해군 군악대의 그것과 비슷했다. 흰색 바지에는 붉은색 옆줄이 들어가 있었고, 중국식 옷깃의 윗도리는 어깨에 여러 겹의 금색 줄이 찰랑거렸다. 모자의 앞면에는 깃털이 높이 꽂혀 있어서 어디서나 나를 볼 수 있었다. 하얀 장갑을 낀 나는 운동회나 학교 행사가 있을 때 지휘봉을 위아래로 높이 흔들었다. 마을을 한 바퀴 돌며 행진할 때 엄마가 기뻐하는 모습을 보면 호루라기를 더 힘껏 불었다. 자신이 직접 옷까지 빌려주면서 나에게 악장 역할을 맡겨 주었던 선생님은 지금 살아 계실까? 내가 척박한 땅 안데스 자락까지 날아간 것은 어쩌면 선생님께 고마움을 돌려드리고 싶은 마음인 것 같다.

와우야월까 학교의 화장실과 부엌 개선 공사를 끝낸 날, 학교 학부모들이 모였다. 나를 닮은 단발머리 아이들의 엄마를 보니, 젊은 시절의 엄마가 떠올랐다. 산골짜기의 어둡고 캄캄한 부엌에서 새삼 그 시절 엄마가 참 막막했을 것이라는 생각이 든다. 엄마는 그저 자신 앞에 주어진 어떤 조건에도 살아내야만 했을 것이고, 그러니 거저 살아지는 날은 하루도 없었을 것이다. 우리를 지켜 내기 위해 날마다 힘겹게 버티는 중이었다는 말이 더 맞을 것이다.

그런데 엄마가 "너희들을 가난하게 키워서 미안하다."라고 할 적마다 나는 이렇게 말한다.

"엄마는 아무 잘못이 없어요. 엄마는 그저 모두가 힘들었던 그 시대에 태어났을 뿐이에요."

와우야월까 학교에서 만났던 그 단발머리 소녀의 엄마가 아무 잘못이 없는 것처럼, 엄마에게 무슨 잘못이 있겠는가. 시대가 가난했고 나라가 가난했을 뿐이다. 그때 페루 산등성이에서 만났던 소녀들이 지금 어디에선가 부디 배고프지 않은 삶을 살고 있었으면 좋겠다. 엄마도 다음 생엔 좀 더 풍족한 나라, 풍족한 시대에 태어나서 편안한 삶을 누리게 되기를.

속이 썩어야 맛있는 배추적

외할머니가 오셨다. 외할머니가 우리 집에 온 건 딱 한 번뿐이었는데, 내가 중학교에 다닐 때였다. 엄마는 초겨울 가을걷이가 끝난 들판에 버리다시피 서 있는 배추로 배추적을 구웠다. 우리가 살던 동네 사람들은 배추전을 배추적이라 불렀다. 이유는 모르지만, 전이라기엔 좀 밍밍하고 별스럽지 않아서 배추적이라는 이름이 더 어울렸다.

외할머니는 천식으로 연신 기침을 하면서도, 갓 구운 적을 결대로 찢어 썹지도 않고 먹었다. 그때가 마지막으로 본 외할머니 모습이었다. 배추적은 급해서도 안 되고 느려서도 안 된다. '적당하게'가 이처럼 딱 들어맞는 경우가 있을까 싶다. 배추의 겉잎을 뜯어 소금물에 잠시 담가서 힘을 빼고, 부침가루를 약간 묻힌 후에 묽은 반죽을 입혀서 구우면 그만이다.

배추를 소금물에 너무 오래 담가 두어도, 너무 빨리 끄집어내서도 안 된다. 적당히 숨이 죽어야 배추가 싱겁지 않으면서도 아삭함이 유지된다. 배추에 입힐 밀가루 반죽 또한 너무 두껍지도, 얇지도 않아야 한다고 엄마는 몇 번이나 말했다. 불 또한 너무 세지도, 약하지도 않고 은근해야 한다. 겉은 노릇하고 바삭하면서도 속은 말랑해야 하니, 냄새로 익는 정도를 알아보고 불의 세기를 조절해야 한다. 이 모두가 적당하고 은근해야 하는 것이어서, 배추적은 기억 속 흑백 사진처럼 희미하게 존재하는 외할머니를 닮았다.

엄마가 병원에 입원한 뒤로 가끔 '엄마의 엄마'를 생각하게 된다. 이제 외할머니의 이름과 얼굴은 희미하지만, 단정한 쪽머리가 은빛으로 빛나던 모습은 선명하다. 엄마가 돌아가시고 나면 외할머니는 누가 기억해 줄까? 6.25 전쟁 막바지에 외삼촌 둘을 잃었고, 시집가서 어린아이들이 다섯이나 있었던 큰이모도 폐병으로 돌아가셨다. 남편이 군대에 가서 죽고 친정집으로 돌아온 엄마를 지켜봐야 했던 외할머니는 그 뒤로도 오랫동안 혼자 살다 돌아가셨다. 아마 속이 시커멓게 썩었을 것이다.

작가 김서령은 그의 책 『외로운 사람끼리 배추적을 먹었다』에서 속이 썩어야 세상에 관대해질 수 있다고 말한다. 그리고 속이 썩은 사람들끼리 둘러앉아 먹는 것이 '배추적'이라고 소개한다. 배추적은 외할머니의 맛이다. 단맛에 길든 입속에서는 제대로 느낄 수 없는 게 그것이다. 외할머니에 대한 기억처럼 희미해서 자극적이지 않지만, 유난하지 않아서 오히려 물리지 않고 자꾸 생각나는 맛이다. 배추적은 입이 아니라 가슴으로 느끼는 맛이라 깊고 여운이 오래 간다. 굳이 따지자면 기쁨보다 슬픔에 더 가까운 맛일 것이다. 기쁨을 표현할 때는 '기쁜 순간'이라고 하지만, 슬픔은 '슬픈 순간'이라고 하지 않고 '슬픔에 빠진다.' 혹은 '슬픔에 젖는다.'라고 표현한다. 기쁨은 순간에 느끼는 감정이라면, 슬픔은 오래 머무르는 감정이다. 그래서 얄팍하지 않고 오래 지속되는 두터운 배추적의 맛은 슬픔에 가까운 맛이고 자식을 넷이나 먼저 보낸 외할머니를 닮은 맛이다.

'산청군 오부면 내곡리.' 엄마가 태어나서 자란 곳이다. 초등학생 때 가 보았던 기억으로는 외갓집 앞마당에 커다란 감나무와 추자나무라고 불리던 호두나무가 한 그루씩 있었다. 내가 성장기를 보낸 청송이 늘 그립듯이, 엄마도 산청이 늘 가 보고 싶은 곳이 아닐까? 자라서는 엄마와 함께 산청에 가 본 적이 없다. 나에게는 일가친척이 아무도 없는 그 동네가 낯설어서 그렇지만, 엄마는 현재를 사느라 고향 같은 건 돌아볼 수 없었을 것이다. 엄마라고 왜 그립지 않았겠는가. 요즘도 나는 가끔 내 고향 청송이 생각난다. 집 앞 언덕에 서 있던 구부정한 소나무와 강 건너 늘씬하게 서 있던 미루나무가 겨울이면 찡 울음을 울었다.

사회학자 노명우가 그의 저서 『인생극장』에서 '기억의 정확한 시제는 과거가 아니라 미래다.'라고 쓴 문구가 떠오른다. 기억은 과거의 경험이지만, 우리가 미래를 어떻게 살아가야 할지를 결정하는 중요한 요소가 된다는 말일 것이다. 미래에 어떤 선택을 하고 어떻게 행동할지를 고민할 때 기억이 계속해서 영향을 미친다고 한다. 그러니 기억을 통해 과거를 배우고, 미래를 더 나은 방향으로 만들어 갈 수 있지 않을까? 엄마가 살아온 과거를 떠올리면, 앞으로 내가 살아가야 하는 미래가 떠오른다.

나는 앞으로 어떤 노년을 살아가게 될까? 노명우는 '과거는 미래를 보기 위한 연습'이라고 했던가. 엄마가 이 세상을 떠나고 나서야 나는 그토록 함께하고 싶었지만 하지 못한 무언가를 비로소 알아차리게 될지도 모른다. 그때 후회하지 않도록 엄마의 고향인 산청에 가 보아야겠다.

얼굴이 동그랗고 머릿결이 새카맣게 반짝이는 어린 엄마가 외할머니와 함께 걷던 길을 걸어 보고 싶다. 엄마는 이제 배추적의 맛처럼 희미해졌을 외할머니 발자국을 따라 걷고, 나는 엄마가 걸었던 발자국 위에 내 발자국을 포개며 깡충깡충 뛰면서 걷고 싶다.

3

이별을 배웅하는 문지기

엄마의 바느질과 구멍

추운 겨울 새벽, 엄마가 바느질하는 소리가 잠결에 희미하게 들렸다. 옷을 매만지는 거친 손바닥과 옷감이 부딪히는 소리, 벌어진 솔기를 접어서 손톱으로 긁는 소리, 옷감이 서로 만나 사그락거리는 소리가 났다. 찬바람에 문풍지가 '휘이이' 울고, 엄마가 무쇠 가위를 내려놓는 철커덕하는 소리 때문에 더 한기를 느꼈다. 어두운 등잔불 아래에서 등을 약간 구부린 엄마는 옷이나 양말 뒤꿈치, 발가락에 난 구멍을 정성스럽게 꿰매곤 했다.

엄마의 바느질이 아무리 촘촘해도 사랑하는 아들의 상처를 꿰맬 수는 없었다. 오빠는 성실한 사람이었다. 그날도 주문받은 일을 마치고 늦게 귀가해서, 아들이 먹다 남긴 단팥빵을 먹고 잠들었다. 아무 전조 증상이 없었는데 갑자기 새벽에 쓰러졌다. 뇌출혈이었다. 대학병원에서 급히 터진 혈관을 봉합했지만, 회복하지 못했다. 인공호흡기를 단 채 중환자실에 누워 있던 오빠는 열흘 만에 숨을 거두었다. 자신의 의지대로 움직일 수 없는 몸뚱이가 가족의 짐이 되기보다는 떠남을 선택했을 것이다. 오빠라면 그랬을 것이다. 늘 여행을 가고 싶어 했지만, 살아서는 가 보지 못했을 먼 여행길을 홀연히 떠나갔다.

화장터 오빠 사진이 놓인 뒤편 전광판에서 '수골대기중'이라는 붉은 글씨가 깜박이고 있었다. 뼈를 받아 가기 위해 기다리라는 이 단어는 너무 불편하고 어렵다. 그 난해한 붉은 글자의 깜빡임이 멈추고, 구멍이 숭숭 난 뼈가 곱디고운 가루가 되어 우리 품에 안겼다. 뼈를 담은 단지가 체온을 간직한 것처럼 따뜻해서 더 견디기 힘들었다.

오빠가 뇌수술 후 중환자실에서 생사의 갈림길을 서성일 당시, 엄마도 내과 병동에 입원해 있었다. 나는 그저 오빠가 바쁘다거나 출장을 갔다거나 하는 말로, 오빠가 엄마 병문안을 오지 않는 이유를 둘러댔다. 밤마다 병실에 찾아오던 아들이 열흘째 오지 않자, 엄마는 무척 힘들어했다. 심지어 문이 잠겨서 오빠가 못 오나 싶어 깊은 밤에 병원 현관문 앞에서 기다리기도 했단다. 나는 오빠의 죽음보다 엄마의 좌절과 몸부림을 어떻게 감당할지를 더 걱정했다. 오빠가 숨이 끊어지기 직전에 사실을 알게 된 엄마의 울음은 의외로 처절하고 낮았다.

30여 년 동안 남편처럼 의지하며 살아온 아들의 느닷없는 죽음 이후에 엄마는 스스로 꿰맬 수 없는 구멍을 몸에 지니게 되었다. 아들의 주검 앞에서 절규조차 하지 못했던 엄마의 목울대에서 울지 않아도 이상한 소리가 나기 시작했다. '솨~솨~' 하는 소리가 의식을 하든 안 하든 반복적으로 흘러나왔다. 엄마 몸의 자율 신경계 어디가 고장이 나서 오빠 죽음에 대해 강박적으로 신호를 보내는 듯했다. 엄마 목에서 나는 소리는 흡사 오래 우려 내고 난 짐승의 뼈에 생긴 구멍으로 바람이 들고 나는 소리처럼 스산했다. 이 때문에 몇 번이나 병원 진료를 받았지만 호전되지 않다가 오랜 세월이 지나면서 저절로 증상이 없어졌다. 아무래도 엄마는 당시 아들을 가슴에 묻어 두고 날마다 자신만의 방법으로 슬퍼하고 있었던 것 같다.

오빠의 죽음 이후 엄마의 삶은 줄곧 바람을 몸으로 통과시키는 것 말고는 아무것도 하지 않는 것처럼 보였다. 엄마는 늘 바람 앞에 서 있곤 했는데, 특히 해 질 무렵이면 어두워진 골목길에서 눈을 감고 온몸으로 바람을 느꼈다. 퇴행성 관절염으로 휘어진 다리를 지팡이에 겨우 의지하고 서서, 행여 바람 속에서 아들의 발걸음 소리나 냄새라도 맡을 수 있을까 싶어 온몸의 촉수를 곤두세웠다.

이런 엄마의 뒷모습을 보면서 나는 엄마가 차라리 기억을 잃었으면 좋겠다고 생각했다. 영화 「이터널 선샤인」 속 주인공이 헤어진 연인에 대한 기억을 선택적으로 지우듯이, 엄마가 오빠에 대한 기억만을 지울 수 있기를 바랐다. 마치 이 세상에 한 번도 존재하지 않았던 것처럼, 오빠 기억만 도려내거나 '초기화'할 수 있는 방법이 있다면 그렇게라도 하고 싶었다.

엄마가 오빠에 대한 기억을 모두 지우면 더 행복해질 수 있을까? 그렇게 될 리도 없지만, 그런 기술이 있다고 해도 나라면 하지 않을 것이다. 오빠의 죽음이 현재는 고통스러운 기억일지라도, 나 어릴 적에 학교 도서부원이었던 오빠가 손에 책을 쥐어 주던 기억은 잊고 싶지 않다. 기억을 모두 지우기보다는 기억 속에서라도 오빠를 살아 있게 하고 싶다. 그러니 어쩌랴. 엄마도 아들 죽음에 대한 고통을 안고 가야 한다. 함께했던 추억과 상실의 아픔을 촘촘하게 바느질하듯 날마다 몸에 새기며 가야 한다. 저 편으로 가는 유일한 길은 '기어이 통과하는 것' 뿐일 테니.

이별도 삶이라서, 어쩔 수 없다. 엄마는 골목길에 서서 바람결에 오빠를 느끼고, 나는 박규리 시인의 시집 『이 환장할 봄날에』에 수록된 「지금 오는 이 이별은」 시를 자꾸만 읽는다. 이제 오빠와의 이별은 '다 져서 질 수도 없는 이별이다.'

아름다운 시절은 그곳에 남아

딱 1년 동안만 허락된 행복이었다. 그 후 아버지가 몸져누웠기 때문이다.

평생 농사를 지어 본 적이 없는 아버지가 그해 용기를 내어 강 건너 사과 과수원을 임대했다. 그 과수원 주인집은 같은 반 내 친구네였다. 아버지는 주인집 눈치를 보곤 했지만, 나는 상관하지 않았다. 나는 아이들 사이에서 제법 영향력 있는 1인이어서 내가 짧은 단발머리, 일명 바가지머리를 하면 우리 반 여학생 절반은 바로 따라 했을 정도다.

오래된 사과나무는 흡사 마을 어귀를 지키는 노거수 같았고, 전지를 하거나 매끈하게 다듬지 않아 더 멋있었다. 아버지는 아름드리 키 큰 사과나무 사이에 햇빛이 비집고 들어올 만한 땅뙈기에는 한 치의 빈틈도 없이 땅을 부렸다. 땅에 수를 놓듯이 빼곡하게 씨앗을 심고 가꾸어 그해 그곳에는 우리가 필요로 하는 모든 채소가 자랐다.

이른 봄에는 감자를 심었다. 감자 눈을 가운데 두고 덤벙덤
벙 잘라 아궁이에서 걷어 낸 재에 굴린 후 심었다. 감자 싹을 틔
울 눈이 없는 부분은 알뜰하게 잘라 내어 미역국을 끓여 먹었다.
곧이어 상추와 깻잎, 쑥갓을 심었고 날이 조금 더 따뜻해지면 가
지와 고추도 줄을 맞춰 심었다. 여름에는 얼갈이배추와 열무를
심고 가을에는 김장용 배추와 무를 심었다. 오이도 왕성한 더듬
이를 뻗어 위로 기어올랐고, 여름 내내 풍성하게 열매를 맺었다.
내가 평생 체험해야 할 농사는 그해 한 해로 다했지 싶다. 쑥갓
꽃이 그렇게 예쁘다는 걸 그때 처음 알았다. 지금도 캐모마일이
나 데이지를 좋아하는 이유는 순전히 그해 사과나무 사이에서
피어났던 쑥갓꽃에서 연유한 것이다.

사과 과수원은 뚝딱뚝딱 뭐든 내어 주는 요술 방망이 같기도
하고, 퍼낼수록 채워지는 샘물 같기도 했다. 엄마가 바구니를 들
고 과수원으로 건너가기만 하면 무엇이든 채워 올 것이 있었고,
한창 식욕이 왕성한 아이들이 둘러앉은 밥상 위 어떤 음식도 맛
없는 건 없었다. 그뿐이랴. 그해 그곳에서 나는 평생 잊지 못할
생의 가장 아름다운 순간을 만났다.

첫서리를 맞은 사과가 순식간에 붉게 물들었다. 전날까지 초
록색이던 사과가 하루아침에 붉어졌다. 울타리도 없는 과수원에
가지가 부러질 정도로 매달린 사과가 익었으니, 누군가는 지켜야
했다. 때마침 대도시에 돈을 벌러 갔던 언니가 위병을 얻어 돌아

와 있었기에 특별한 일이 없던 언니가 과수원 지킴이가 되었다. 저녁을 먹을 때가 되면 나는 강 건너 과수원이 내려다보이는 근처 언덕으로 달려갔다. 거기서 부르면 언니가 듣고 집으로 와서 함께 저녁을 먹었다. 그날 언덕으로 갔던 나는 언니를 부르지 못했다. 바로 그 순간, 온몸이 얼어붙을 정도로 완벽한 아름다움을 만났기 때문이다.

지극한 아름다움은 기쁨보다는 슬픔과 더 친한 것일까? 땅거미가 내려앉기 시작한 가을의 초입, 산간 지방이었던 청송은 유난히 추위가 빨리 찾아왔다. 혼자 있던 언니가 한기를 느꼈는지 과수원에 있는 작은 흙벽 집 아궁이에 불을 지피고 있었다. 붉게 노을 진 하늘로 하얀 연기가 번져 가고 있었고, 때마침 위아래 흰색 운동복을 입은 언니 뒤로 사과나무가 깊은 그늘을 드리우고 서 있는 풍경과 맞닥뜨렸다. 나는 주저앉아서 울고 싶었다.

열두 살이었던 나는 예감했다. 사는 동안 이토록 아름다운 순간은 두 번 다시 만나지 못하게 되리라는 것을. 롤랑 바르트는 그의 책 『카메라 루시다』에서 이런 순간을 '푼크툼'이라고 했다. 나는 사진을 찍듯이 그 순간을 하나도 흩트리지 않고 그대로 기억 창고로 옮겨 왔다. 그리고 50여 년이 지난 지금도 밤에 홀로 운동 삼아 낙동강변을 걷다가 그 순간을 떠올리며 눈물짓는다. 어른이 된 이후로 '나의 살던 고향은 꽃피는 산골······.' 노래를 수천 번도 더 불렀다. 마치 자동 재생되는 기계처럼 저절로 내 콧등에서 흘러나온다.

　내가 열다섯이 될 때까지 살았던 청송이 늘 그립다. 자동차로 서너 시간이면 가 닿을 정도로 지척에 두고도 자주 방문하지는 않는다. 내가 청송을 그토록 그리워하는 이유는 장소가 아니라, 다시는 돌아갈 수 없는 그 시절에 있기 때문인 듯하다. 유년을 함께한 형제들과의 추억, 자식들을 굶기지 않으려고 애쓰던 엄마의 고단함에 대한 감사, 아버지에 대한 그리움이 나를 여전히 그 시절에 머물러 있게 한다. 아버지와 언니, 오빠가 이 세상에 없는 지금, 다시는 그곳에 닿을 수 없어서 더 슬프고 아름다운 기억으로 남았다.

　언니의 소원은 상급 학교에 진학하는 것이었지만, 결국 부산의 어느 신발 공장으로 울면서 갔다. 나는 요즘 가끔 부산 동구 범일동에 있는, 옛날 신발 공장 여공들이 걸어 다녔다는 '누나의 길'을 따라 걸어 본다. 걸을 때마다 언니 생각이 나서 코끝이 찡하다. 언니를 비롯한 신발 공장에 다니던 여공들의 대개가 동생들의 학비와 집에 남은 가족의 생계를 책임졌을 테니, 자신을 위해 제때 영양가 있는 식사는 엄두도 낼 수 없었을 것이다. 나는 중도에 일을 그만두고 아파서 집으로 돌아온 언니가 참 좋았다. 대도시에서 돌아온 언니는 시골 아이들과 달리 햇빛을 보지 못해 하얗고 힘없는 얼굴을 하고 있었다. 언니에게서는 내가 가 보지 못한 미지의 냄새가 났다.

잊지 못할 아름다움이나 행복은 각자 다른 순간에 찾아온다. 지금은 상실했기에 더욱 아름다운 언니에 대한 기억은 흐르지 못하고 유물이 되어 버렸다. 오래전 떠나온 고향도, 박제된 기억으로 존재하는 언니의 모습도 이제 내 유년의 기억 속에 묻어 두어야 한다. 아름다운 시절은 그곳에 남았고, 나는 먼 곳으로 떠나왔다.

엄마는 그 시절을 어떻게 기억하는지 물어보고 싶지만, 그저 이렇게만 해 두고 싶다.

그해, 그곳에 아름다운 시절이 있었다고.

이제 그만해도 된다고 말했다

새벽 2시. 전화벨이 울렸다.

지금도 그 전화를 받은 일을 후회한다. 받지 말았어야 했다. 평소 잠귀가 어두웠는데, 그날은 무슨 이유에서인지 급박하게 울리는 휴대전화 진동음을 듣고 잠에서 깨어났다. 병원으로 달려가니 언니가 심폐 소생 처치를 하는 의료진 앞에 아무 저항도 못 하고 누워 있었다. 드라마에서 수없이 봐 왔지만, 그 순간은 처음 보는 장면처럼 생소했다. 당직을 서고 있던 담당 레지던트가 감정을 제거하려고 애쓰며 말했다.

"새벽 2시에 환자가 심정지 된 채로 발견되었고, 심폐 소생을 위한 처치를 40분 동안 하는 중입니다."

이제 더 이상 의료 행위가 의미 없으니, 나더러 결정해 달라고 말했다. 처음에는 무엇을 결정해야 하는지 몰라 어리둥절했다. 남편도 자식도 없는 언니가 수술을 위해 입원하던 날, 보호자로서 수술 동의서에 사인을 한 사람은 바로 나였다. 한밤중 환자들이 모두 잠든 병실의 고요를 뚫고 나의 울음소리는 허공으로 치솟았다.

"이제 그만해도 된다."라는 말을 강요당하고, 나는 처음 말을 배우는 아이처럼 더듬거리며 말했다. 내 말이 떨어지자마자 언니의 세상과 나의 세상은 분리되었다. 언니 몸에 연결되어 있던 모든 호스와 기계 장치가 철거되고 얇은 흰색 천 한 장이 견고한 벽처럼 언니와 나를 가로막았다. 언니와 나는 자매 이상이었다. 언니 성품이 워낙 온화해서 자라면서도 어른이 되어서도 사소한 말다툼 한번 없었다. 더욱이 장기를 하나씩 나눠 가졌으니, 언니의 일부는 나 자신이기도 했다.

2002년, 언니에게 신장 이식을 해 주겠다는 결심을 망설이진 않았지만, 겁이 좀 났던 건 사실이었다. 월드컵으로 온 나라가 흥분으로 물들던 때, 나는 이식 적합 여부를 알기 위해 병원에 입원했다. 장기 공여에 '매우 적합한 상태'라는 검진 결과를 듣고는 겁이 나서 길바닥에 주저앉아 울었던 기억이 난다. 이후 건강한 나의 신장을 이식받고 언니는 20년 동안 신장 투석을 하지 않고 살아왔다. 다만 당뇨병이 완치된 건 아니어서 최근에는 당뇨발로 인한 괴사가 상당히 진행되어 있었다. 이번에도 복숭아뼈가 염증에 녹아 축 늘어진 발목을 고정하는 수술을 받으러 정형외과에 입원했다. 처음에는 "수술이 잘 되었으니 다음 주에 퇴원해도 됩니다."라는 담당 의사의 말을 듣고 기뻤다. 언니는 오히려

"제 몸 상태가 남과 다르니, 며칠 더 있다가 퇴원할게요."라며 퇴원을 늦추는 제안까지 했다고 한다. 그러나 기다리던 다음 주는 언니에게 영원히 오지 않았다. 언니의 시계는 토요일 새벽에 멈추었다. 수없이 드나들던 병원이었지만 이번에는 살아서 문턱을 넘지 못했다.

언니는 자기 발로 걸어 들어간 병원 침상에서 심장이 멈춘 채로 발견될 거라고 상상이나 해 봤을까? 더욱 받아들이기 어려운 건 언니의 사망 시간을 아무도 모른다는 것이다. 밤 10시부터 새벽 2시 사이에 심정지가 일어났다고 추정될 뿐, 간호사가 발견했을 때는 이미 심장이 멎은 상태였다고 한다.

언니가 추모 공원에 잠든 이후에야 나는 언니의 행적을 찾아다녔다. 수년 전부터 목발을 짚고 절뚝이며 걸었지만, 언니는 일요일마다 교회에 나갔다. 나는 먼저 엄마를 모시고 언니가 다니던 교회에 갔다. 하느님을 만나러 간 게 아니라 언니가 불편한 몸으로 앉아 있었을 교회의 긴 의자에 앉아 보기 위해서였다. 거기 앉아서 언니가 바라보았을 목사님의 설교 단상과 창문을 응시했다.

언니는 하느님에게 무엇을 간절히 빌고 있었을까? 유품을 정리하다가 발견한 노트에 기도가 쓰여 있었다. 아마도 교회 기도회에서 가상 유언장을 써 본 것 같다.

"어머님의 무한한 사랑에 깊은 감사를 드린다. 지금 건강이 안 좋으신 어머니를 보는 것만으로도 마음이 아프다. 내가 병원에 입원했을 때, 어머니가 혼자 살 수 없어서 잠시 요양병원에 계셨다. 그때 어머니를 뵙고 뒤돌아 나올 때 얼마나 마음이 아팠는지 모른다. 생을 마감한다고 생각하니, 그동안 어머님의 마음을 아프게 했던 것이 뼈저리게 후회가 된다. 만약 내가 먼저 하나님 나라에 간다면 어머니가 제일 마음 아파할 것이다."

그제야 알았다. 언니의 기도는 언제나 엄마에 대한 것이었음을. 오랜 기간 당뇨 때문에 매일 자기 몸에 인슐린 주사를 놓아야 했던 언니가 걱정한 것은 자신이 아니라 바로 엄마였다. 언니가 입원했을 당시, 왜 엄마를 요양병원이 아니라 우리 집으로 모셔 오지 못했을까? 엄마를 모셔 왔으면 병원에 있는 언니 마음이 조금은 편했을 거라는 후회가 밀려왔다.

언니가 떠나고 홀로 남은 엄마를 바로 내 곁으로 모셔 왔다. 나를 배려해서 나와 함께 살지 않겠다는 엄마를 우리 집 가까운 곳으로 모셔 올 때, 요양병원은 염두에 두지 않았다.

이제 내가 대답할 차례이다.

"언니야. 이제 그만해도 돼. 엄마 걱정 말이야. 내가 엄마를 마지막까지 잘 배웅할게."

후회가 회한이 되지 않으려면, 지금 뭔가를 해야만 한다. 그러니 더 자세히 삶을 살펴야겠다.

소실점 너머의 세상

엄마 방에는 언니와 오빠가 함께 산다. 셋이 살기에 전혀 불편함이 없다. 언니와 오빠가 종잇장처럼 가벼워져서 사진 틀 속으로 들어가 버려서이다. 그네들은 영정 사진으로만 있는 게 아니다. 가장 아름다웠던 젊은 시절과 교복을 입은 어릴 적 모습으로도 박제되어 있다. 시간의 순서를 어림할 수 없는 사진들이 엄마 침대 머리맡에 나란히 늘어서 있다. 엄마는 밤마다 아들과 딸 사진을 안고 쓰다듬으며 대화를 나누고 있는 듯하다.

침대 발치에 앉아 양편으로 서 있는 사진들에 무연히 시선을 주고 따라가면, 문득 소실점을 만난다. 소실점은 바로 삶과 죽음이 교차하는 지점일지도 모른다. 화가들은 보이지 않아도 분명히 존재하고 있을 소실점 너머 어떤 공간을 위해서 세심하게 붓질을 하지 않던가.

깊은 밤 창 너머로 희미하게 번져 오던 상점 전등마저 꺼지고 나면, 엄마는 사진과의 거리를 느끼지 못할 테다. 확장된 동공으

로 바라보는 크고 작은 사진들은 더 희뿌옇게 존재감을 드러낼
것이다. 이때 사진틀 속 언니와 오빠가 걸어 나와서 손을 잡고 함
께 춤을 추는 게 아닌가 상상해 볼 정도로, 엄마와 사진들은 분
리가 되지 않는다.

　30년간 애도를 연구해 온 자크 데리다는 애도를 '자기 안에
타자의 묘소를 마련하는 일'이라고 했다. 그는 애도를 통한 치유
가 애당초 불가능한 것이라 말하고 있는지도 모른다. 엄마는 아
들과 딸의 죽음을 잊으려 노력해도 불가능하다는 걸 간파했을
까? 차라리 피하기보다 슬픔과 친해지려고 연습하는 듯 보인다.
오빠와 언니가 떠난 지 많은 시간이 흘렀다. 지나간 시간이 무색
할 정도로 엄마는 여전히 모든 일상을 사진 속 자식들과 함께하
고 있다. 그 사진들이 침대 위에 걸터앉은 엄마의 뒷배경이 되면,
나조차도 뒤로 물러날 수 없는 슬픔에 젖는다. 엄마의 방에 언니
는 사진으로만 존재하는 게 아니다. 언니가 쓰던 성경책과 찬송
가도 엄마와 함께이다. 다리가 불편했던 엄마는 교회에 다니지
않았지만, 최근 새벽마다 성경책과 찬송가를 중얼거리며 기도를
올린다. 기도 소리는 높낮이가 없어서 마치 젊은이들이 랩을 읊
조리는 방식과 닮았다.

　그뿐만 아니다. 엄마의 방은 언니의 방이라 해도 좋을 만치
여전히 언니의 물건들로 가득 차 있다. 언니와 함께 살았던지라
세간이 분리가 안 되기도 하려니와 엄마는 언니가 쓰던 물건을

버리고 싶어 하지 않았다. 지금 앉아서 식사하는 칠이 벗겨진 낡은 의자와 햇살을 가리고 있는 커튼도 언니가 쓰던 것이다. 이불과 베개, 식기와 수저, 신발, 심지어 언니가 입던 옷도 늘이거나 줄여서 입고, 언니가 이어 붙였던 소매 끝 레이스가 낡으면 가장자리를 휘갑치기 해서 입는다. 엄마는 언니가 사용하던 물건들 속에서 언니를 만나고 있는 것 같다.

어떤 존재와 만난다는 건 어떤 의미일까? 내가 사는 세상과 언니가 사는 세상이 서로 교차하는 지점이 있다면, 멀리서라도 한 번만 만났으면 좋겠다. 언니의 사진을 바라보며 인사를 전한다. 손을 뻗어 얼굴을 쓰다듬을 수 있어야만 만나는 건 아닐 것이다. 김영하 작가의 소설 『작별인사』 중에서 휴머노이드 로봇들은 영원히 살기 위해 몸을 버리고 가상 공간인 클라우드에 의식만 백업해서 존재한다. 소설 속 이야기가 현실이 될 수 있다면, 몸이 없어도 언젠가 서로 만날 수 있을지도 모른다.

냉장고 문짝에 붙여 놓은 커다란 사진 속에서 언니가 웃고 있다. 언니는 지금 어디에 있을까? 소실점이 경계 너머로 사라져 없어지는 게 아니듯, 죽음도 영원한 시간과 공간 속에서 하나의 점으로 수렴된다고 믿고 싶다. 수 억겁의 시간이 지나더라도 소실점이 수렴되는 우주 어딘가에서 언니의 영혼을 만나 엄마의 안부를 전하고 싶다. 그뿐이다.

의사의 말과 용서 아닌 화해

나는 생각했다. 언니의 죽음이 반드시 의료 과실일 거라고. 그래야 마음속 의사에 대한 원망이 정당한 것이 된다. TV 드라마 「슬기로운 의사생활」 속 다정한 의사는 내가 맞닥뜨린 현실에는 없었다. 가공인물을 현실 속에서 찾을 정도로 나도 판단력을 잃어 갔다. 언니 친구 중 한 명은 언니가 수술받은 대학병원에서 같은 의사에게 치료를 받고 있었다. 그 담당 의사는 진료를 받으러 온 언니 친구에게 이렇게 말했다고 한다.

"○○○ 환자 동생분과는 이야기가 잘 되었습니다."

그 말을 언니 친구로부터 전해 들은 순간, 그동안 애써 눌러 왔던 분노를 참기 어려웠다. 박찬욱 감독의 영화 「올드보이」의 오대수처럼, 말 한마디가 타인에게 얼마나 큰 상처를 입히는지 절감했다.

'앗! 내가 뭘 잘못했구나. 너무 쉽게 당신을 이해한다고 말했었구나. 당신에게는 언니의 죽음이 아무것도 아니었구나. 나와 엄마에게는 매 순간 짓누르는 고통의 크기가 바윗덩어리인데, 정작 당신에게는 모래알만큼도 미치지 못하는구나.'라는 생각이 들어 고통스러웠다.

담당 의사는 언니의 죽음 직후 이루어진 면담에서 "계속 이 죽음을 복기하고 있습니다."라고 했고, 나는 "새로운 사실을 알게 되면 알려 주세요."라고 부탁하고 진료실을 나왔다. 그리고 기다렸다.

'의사는 혹시 TV 의학 드라마에서처럼 이 사례를 세미나 등에서 발표하고 토의해 보았을까? 언니의 의료 기록은 처음부터 끝까지 면밀하게 재검토했을까? 하루에 세 번 환자를 돌보게 되어 있다는 대학병원 통합 간병동의 시스템은 개선의 여지가 없는지 고민해 보았을까?'

기다리고 기다렸다. 혹시 담당 의사로부터 뭔가 죽음의 이유를 설명하는 문자 메시지라도 날아올지를. 아무런 대답이 없자, 언니를 죽음에 이르게 한 것이 의사가 치료를 잘못했거나 최선을 다하지 않아서일 것이라는 상상이 거의 확신에 이르렀다. 이후 의료진을 미워하는 마음이 서서히 분노로 변해 갔다. 또 누군가를 원망하고 미워하는 나 자신을 용서할 수 없어서 괴로웠다. 언니에게 사망 선고를 내리고 죽음의 과정을 설명했던 레지던트의 목소리를 녹음한 음성 파일을 반복해서 들었다. 들을수록 세상 어떤 죽음도 '그럴 수밖에 없는 죽음'은 없다는 생각이 들었다. 다른 가족이 없는 언니에게는 죽음의 이유를 물어 줄 사람이 나뿐이었으므로, 나는 누구도 대답하지 못할 질문을 하느라 지쳐 가고 있었다.

더욱이 10년 전에도 언니는 이번에 한 발목 고정 장치 삽입술을 똑같이 한 적이 있었지만 실패했다. 그래서 의사에게 이 수술 시도 자체의 부당함에 대해서 따지고 물었다. 의사도 이 수술의 성공을 장담할 수 없어, 자신은 "발목을 절단하는 거 말고 달리 방법이 없습니다."라고 말했단다. 그런데 언니가 이렇게 간절히 부탁하더란다.

"엄마가 살아 계셔서 아직 발목은 절단할 수 없어요. 발목을 절단하면 엄마가 너무 슬퍼할 겁니다. 마지막으로 이번 한 번만 더 수술을 시도해 주십시오." 결국 언니는 엄마의 딸이라서 엄마를 슬프게 하지 않으려고 생명을 건 무모한 도전을 했을 것이다.

누군가에게 이 죽음의 '책임'이 있다고 단정 지으면 마음이 편하련만, 사실 내가 할 수 있는 일은 아무것도 없었다. 언니 죽음의 이유를 밝히려고 하면 할수록 상처받고 깨어지는 쪽은 나 자신이며, 또한 마음이 차츰 병들어 가는 게 느껴졌다. 나는 혼자가 아니었다. 돌보지 않으면 안 되는 엄마가 살아 있는 동안 나는 아플 수도 없는 사람이었다. 엄마의 삶을 부탁받은 자로서 엄마의 마지막을 지킬 수 있으려면 내 삶을 먼저 돌보아야 했다. 이런 책임감이 나를 억지로 붙잡고 있었다.

따지고 보면 그 의사도 직업인이다. 직업인에게 성직자의 역할을 바랄 수는 없다. 설사 사소한 실수가 있었더라도, 언니를 낫게 해 주려고 한 의료 행위에 대해 책임을 물을 생각은 없다. 그러나 자신의 환자가 예상하지 못한 죽음을 맞았을 때 유족과 함께 마음 아파해 주기를 바라는 건 지나친 기대일까? 대체로 의사들은 다정하기보다는 냉철하고 이성적인 표정을 지니고 있다. 이는 최선을 다해 치료해도 빈번히 만나게 되는 한계를 인정할 수밖에 없어서 지니게 된 얼굴 근육이 아닐까?

의사라고 해서 어찌 죽음과 무관할 수 있을까? 어쩌면 시시때때로 만나는 죽음에 대해서 누구보다 자주 또 구체적으로 느끼고 있을지도 모른다. 내 지인의 남편도 의사인데 그는 저녁 약속이 있으면 진료가 끝난 후 얼른 집으로 와서 씻고 속옷을 갈아입고 외출한단다. 언제 무슨 일이 일어날지 모르는데 누군가가 자신의 때 묻은 속옷을 보는 게 두려워서란다. 엄마도 병원에 입원할 때면 아무리 몸이 불편해도 꼭 목욕을 하고 옷을 갈아입는다. 혹여 갑자기 맞이하게 될 자신의 마지막 길에 누군가가 속옷을 보게 될 것을 걱정한다. 나도 그렇다. 여행을 떠날 때는 꼭 화장실 청소를 한다. 여행 중 돌아오지 못할 일이 생긴다면 뒤에 남겨질 것들이 부끄러워서다.

인간은 생명을 가진 존재이기에 필연적으로 죽음을 내포하고 있다. 그래서 무의식적으로 늘 죽음을 염두에 두고 살고 있는 듯하다. 나는 웰다잉 직무연수에서 "죽음이 삶과 다르지 않으며 죽음은 삶의 연장선에 있다."라고 말해 왔지만, 정작 내 삶에는 적용하기가 어려웠다. 나의 마지막이 부끄럽지 않도록 누군가를 너무 미워하지는 말아야겠다. 지금 그 담당 의사를 완전히 용서한 건 아니지만, 그를 미워하는 나 자신과 적당히 타협하고 화해했다. 그도 언니가 완치되어 목발을 버리고 걸을 수 있기를 진심으로 바랐을 테니까.

유보 상자와 유리 상자

언니의 죽음 이후, 나는 매일 걷다시피 하던 낙동강변에 더 이상 가지 않았다. 그 무렵 내 일상에 생긴 작은 변화이다. 집을 나와 건널목 하나만 건너면 닿던 낙동강 하류를 얼마나 사랑했던가. 낙동강은 태백산맥 어딘가에서 발원해 수백 킬로미터를 흘러오며 담아 온 이야기를 눈앞에 풀어놓고 윤택한 삼각주 모래톱을 토해냈다. 모래톱에 스미어 온갖 생명을 키우고 이후 바다로 흘러 장렬히 소멸하는 강은 사람의 일생을 닮았다. 눈앞에서 찰랑거리며 흘러가는 낙동강을 더 이상 보고 싶지 않게 된 이유는 그곳에 서면 언니에 대한 기억이 따라오기 때문이었다. 낙동강 산책로를 걸을 때 나는 늘 언니와 통화 중이었다.

당뇨발로 외출이 뜸한 언니에게 자잘한 일상과 세상 이야기, 낙동강 하구의 철새와 낙조, 강을 따라 피고 지는 꽃과 갈대의 흔들림을 물소리에 얹어 쉼 없이 재잘거렸다. 낙동강변을 걸을 때면 늦은 밤에도 아랑곳하지 않고 걸던 전화 상대는 이제 사라졌고, 언니 휴대전화 기기만 내게 남았다. 언니와 연결해 주던 내 휴대전화 단축번호 '6번'은 어떤 것으로도 치환할 수 없는 영구 결번이 되었다. 습관처럼 그 번호를 누르고 싶어져서, 나는 크고 단단한 상자를 하나 만들어 그 안에 언니 휴대전화를 넣었다. 그것의 이름은 '유보 상자'였다.

유품을 정리하면서 언젠가는 버려야 하지만 아직은 버리지 못할 것들을 그 상자에 담아 보관했다. 당장 결정할 수 없어서가 아니라 하고 싶지 않아서 자꾸 미루었다. '유보 상자'엔 언니의 마지막 병상 머리맡에 놓여 있던 책과 수첩, 손때 묻은 지갑 같은 것들이 담겼다. 『아버지와 나』라는 제목의 성경 공부 책 속에는 세로보다 가로가 더 넓은 언니의 납작납작한 글씨가 고스란히 남아 있었다. 그것이 마치 언니 몸의 일부처럼 느껴져 버릴 수 없었다. 특히 "하나님 아버지는 어느 정도로 그대와 함께 계십니까?"라는 질문에 언니는 "내가 믿는 하나님은 내가 하늘에 올라갈지라도 거기 계시며……."라고 쓴 부분에는 눈길이 오래도록 머물렀다. 수첩 속에는 언니의 핸드폰에도 저장되어 있는 언니 친구들의 연락처와 은행 통장 비밀번호와 같은 지극히 사적인 것들이 담겨 있었다. 나는 그것들을 우리 집 창고에 보관했고 한동안은 상자의 존재를 잊고 살았다.

시간이 흐르고 모든 것이 괜찮아졌다고 생각되는 지점에 자주 우울함에 젖어 들었다. 슬픔마저도 유보하고 살았나 싶을 정도로 나는 슬픔이 머리에서 가슴으로 내려오는 데 시간이 걸리는 사람이었다. 언니가 떠난 후 엄마는 날마다 언니의 영정 사진을 안고 살아 있는 사람 대하듯 대화를 나누고 눈물을 흘렸지만, 나는 이상하게도 슬픈 감정을 외부로 표현하지 못하고 살았다. 대신 마음속에 아무도 침범할 수 없는 단단한 '유리 상자' 하나를 만들고 슬픔을 그 안에 가두었다. 타인들과 잘 어울리고 떠들어댔지만 내심 그 누구도 다가올 수 없도록 투명한 유리 상자 속에서 늘 홀로 존재했다. 아무렇지 않은 척 바쁜 일에 몰두하고 일부러 바삐 살며 내 마음을 외면했다. 대신 자주 멍해졌다가 또 피로 해소제를 한꺼번에 여러 병 마신 것처럼 각성 상태가 되기도 했다.

언니의 마지막 순간에 대한 아픈 기억은 잊으려고 노력하면 할수록 더 깊은 수렁으로 빠져드는 늪이었다. 언니의 죽음뿐만 아니라 오빠의 환영마저 다시 살아났다. 오빠 역시 10년 전, 자기 발로 걸어 들어가 같은 병원에서 수술 후 깨어나지 못하고 하늘나라로 갔다.

정영욱 작가는 그의 저서 『잘했고 잘하고 있고 잘될 것이다』에서 '아픈 기억일수록 자주 생각날 수밖에 없는데, 그 이유는 아픈 기억일수록 잊으려고 노력하는 자신의 발버둥 때문'이라고 한다. 이 늪을 빠져나가려면 스스로는 불가능했다. 발버둥을 치기보다는 손을 뻗어 나뭇가지라도 잡을 수 있도록 감정을 비축

해야 했다. 그래서인지 무기력하고 우울함에 빠져드는 시간이 갈수록 늘어났다.

김형경 작가는 애도 심리 에세이 『좋은 이별』에서 '우울증이 찾아오면 애도 작업이 바닥을 치고 있다는 뜻'이라고 말했다. 그러니 내 슬픔도 이제 바닥을 치고 올라갈 일만 남았을 것이다.

최근 우리 집 창고에 고이 보관되어 있던 언니의 '유보 상자'를 다시 열었다. 길항작용이 엄청나게 거셌다. 언니의 죽음을 슬퍼하지 않으려고 감정을 억제하고 통제하려는 방어 기제가 나를 주저앉게 했다. 용기를 내어 펼친 상자 안에는 그간 잊고 지냈던 서류 더미가 쏟아져 나왔다. 수백 페이지에 달하는 사망 당시의 의료 기록과 영상 촬영 CD들이었다. 그제야 알았다. 왜 그동안 언니의 죽음을 마음껏 슬퍼할 수 없었는지를. 죄책감 때문이었다.

언니의 갑작스러운 죽음에 대한 사인은 '패혈증 의증'이었다. 죽음의 이유는 석연찮았고 받아들이기 어려웠다. 수술이 잘되었으니 곧 퇴원하라고 말한 담당 의사도 전혀 예상하지 못한 결과였지만 부검도 하지 않고 언니를 보냈다. 대신 언젠가는 죽음의 이유를 밝히고 싶어 의료 기록 사본 뭉치를 상자에 보관했다. 하지만 대학병원을 상대로 내가 무엇을 할 수 있었겠는가. 나는 그저 후회하고 자책했다. 언니가 수술실로 들어가던 때, 1교시 수업을 마치고 가느라 늦어서 손을 잡아 주지 못한 걸 후회했다. 언니가 수술한 날 저녁에 먹을 팥죽을 사면서 평소 좋아하던 '새

알은 혈당을 높이니 빼고 달라'고 했던 걸 돌이키고 싶었다. 병실 냉장고에 언니가 아침 대신 먹으려고 넣어 둔 붉은 사과와 검은 콩 볶음은 '버려 달라'고 하지 말았으면 더 좋았겠다고 생각했다. 이런 기억들이 내 발을 단단히 붙잡고 있어서 아무리 통과하려고 애써도 생각은 언제나 그 지점으로 되돌아가곤 했다.

상자 안 언니의 의료 기록 서류들은 벌써 가장자리가 누르스름하게 빛이 바래어 있었다. 내가 언니 죽음의 이유를 알게 된다고 해도 어쩌겠는가. 그 무엇도 언니를 다시 살아 있게 하지 못한다면 아무 소용이 없다. 방심하고 앉아 있는 내 머리 위로 봄볕이 잔뜩 쏟아진다. 그동안 누구도 침범할 수 없던 내 마음속 '유리 상자'가 스페인 화가 살바도르 달리의 그림 「기억의 지속」속 시계처럼 녹아서 조금씩 형태가 누그러짐을 느낀다.

다시 낙동강변에 섰다. 나도 수십 년 내에 죽어서 물속에 스밀 것이다. 삶이란 흘러가는 모든 순간을 붙잡지 않고 단호히 놓아주는 것임을 유구한 낙동강 물결 위에 새긴다. 목울대에 걸려 있는 것 같던 굵고 단단한 덩어리가 이제 밖으로 나오려나 보다. 자꾸 헛기침이 나온다.

아버지의 마작 소리

요즘은 가끔 미워했던 아버지 생각이 난다.

아버지는 손이 고운 사람이었다. 희고 섬세한 손가락을 가지고 있었는데 평생 책을 읽는 일 이외에는 뚜렷한 경제 활동을 못 했다.

아버지가 사십이 넘은 나이에 가족을 이끌고 고향을 떠나올 때 어떤 생각이 들었을까? 마을에서 떨어진 외딴 산속에 짐을 풀면서 참 많은 용기가 필요했으리라. 그가 가족들을 위해 처음으로 시작한 일은 산판이었다. 예기치 못한 비에 미끄러져 굴러 내려온 통나무 하나가 엄마와 언니의 다리를 쳤을 때 아버지는 그만 손을 들고 말았다. 그 고운 손으로는 삶의 고난을 잠시도 버티지 못했다.

통나무 사고 이후 우리 가족은 에탄올 냄새가 가득한 병실에서 냄비 밥을 해 먹는 생활을 시작했다. 오랜 투병 끝에 여덟 살인 언니의 다리는 예전으로 돌아갔지만, 의료 기술의 고마움은 엄마에게까지 미치지 못했다. 병원 문을 나서며 보따리를 머리에 인 엄마의 왼쪽 다리가 바깥으로 구부러져 있었다. 그 짧아진 한쪽 다리 때문에 엄마는 평생을 절뚝거리며 걸었다. 이때부터 아버지와 엄마의 다리 절기도 시작되었을 것이다.

처음으로 용기를 내어 세상으로 나왔던 아버지는 좌절했다. 이후 엄마는 가족들을 먹여 살리기 위해 머리에 무거운 짐을 이고 아침마다 집을 나섰지만, 아버지는 방 깊숙한 곳으로 피신했다. 날마다 낯선 사람들이 방으로 찾아들었고, 바람이 들고 날 때마다 문이 삐걱삐걱 소리를 냈다. 문틈으로 들여다본 방 안의 아버지는 멀리 여행을 떠나는 것처럼 낯설게 보였다. 훗날 알게 된 거지만, 아버지와 그 방에 모인 사람들은 마작이라는 놀이를 하고 있었다. 마작 돌을 가진 사람들의 손가락은 마치 춤을 추듯 빠르게 움직였다. 차가운 마작 돌은 서로 부딪치고 섞이면서 말발굽처럼 '따각따각' 소리가 났다. 내가 마작 놀이를 구경하다 아버지의 무릎에서 잠이 들면 먼 곳에서 말 달리는 소리가 들려왔다. 꿈속에서 아버지는 파란 이국 하늘을 받쳐 이고 말 위에 앉아 웃고 있었다.

인생의 명암을 암시하듯 마작 돌의 한 면은 흰색이고 다른 면은 검은색이다. 흰색 면에는 각각 다른 개수의 구멍이 뚫려 있다. 마작을 하는 사람들은 작고 납작한 사각형 돌을 각자 몇 개씩 가진 후, 나머지는 가운데에 늘어놓았다. 순서대로 한 개씩 가

겨와서 패를 맞춰 보고 짝이 맞으면 버렸다. 우연에 기대는 마작 놀이의 규칙은 어린 내가 알 수 없는 것이었다. 다만 아버지의 인생도 마작 놀이의 패처럼 우연히라도 짝이 맞았으면 좋았겠다는 생각이 든다. 아버지는 어떤 우연과 행운이 찾아오기를 바랐을까? 사람들이 딱 맞아떨어지기를 꿈꾸는 일은 현실에서 어긋날 확률이 더 높다. 원하는 일이 모두에게 때맞춰 찾아온다면, 이미 행운이 아닐 것이기 때문이다.

아버지가 인생에서 처음으로 짠 전략은 빗길에 일어난 사고로 어긋나 버렸다. 그것은 운명이었지, 아버지 자신에게서 연유한 실패는 아니었다. 그는 가족의 생계에 별로 관심을 보이지 않았지만, 우리가 중고등학생이 되자 웬일인지 도시로 이사 갈 것을 강하게 밀어붙였다. 그 무모해 보이는 결정 탓에 아버지는 더 이상 마작을 하지 못하게 되었으나, 오빠와 나는 교육이라는 혜택을 받을 수 있었다.

나는 아버지를 미워한 걸까, 사랑한 걸까? 생계를 맡았던 엄마의 거칠어진 손과 굵은 손마디와는 달리 희고 섬약한 아버지의 손은 어린 나에게 미움의 대상이었다. 그 고운 손 때문에라도 가벼운 사랑조차 잘 표현할 수 없었다. 아니, 하기가 싫었을 것이다. 어릴 적 막내인 나를 안을 때 아버지의 거칠거칠한 턱수염이 볼에 닿으면, 아파도 싫진 않았다. 철이 조금 들면서부터 자리 잡은 아버지에 대한 미움은 그를 무능하게 만든 운명과 병약함 때문이었으니, 아버지 자신도 어찌할 수 없는 것이었다고 생각한다.

엄마가 기억하는 아버지는 어떤 사람이었을까? 인생에서 어떤 도움도 친구도 되어 주지 못한 남편이 어떤 존재였을지 궁금하지만, 물어보고 싶지는 않다. 엄마가 겨우 밑바닥에 가라앉혀 놓은 기억을 헤집고 싶지 않아서다. 엄마에게서 아버지가 보고 싶다는 말은 들어 본 적이 없지만, 가끔 하던 밉다는 소리조차 요즘은 하지 않는다. 혹시 엄마 기억에서 아버지가 사라져 버린 건 아닌지 모르겠다.

누군가의 존재감이 또렷이 살아 오르는 건 그가 부재할 때이다. 아버지가 돌아가시고 난 이후에 나는 더욱 자주 아버지를 떠올리고 있다. 어릴 적 미워했던 길고 하얀 손을 다 자라고서 나도 모르게 사랑하게 된 까닭은 분명 아버지에 대한 그리움일 테다. 아버지 무릎 위로 돌아갈 수는 없지만, 문득 하얀 손가락을 떠올리면 가슴 저릿하도록 아버지가 그립다.

벤자민 나무와의 이별

요즘 반려 식물이라는 단어에 자꾸 마음이 간다. 나도 정서적으로 애착을 가지고 교감을 나누었던 나무가 있어서다. 결혼 초 집들이 선물로 벤자민 나무 화분을 선물 받았다. 오래전이지만 오빠가 차 트렁크에서 그 화분을 한 손으로 가볍게 들어 올리던 모습이 생생하다. 잠깐 돌아섰을 뿐인데, 벌써 수십 년의 세월이 흘러가 버린 건가 싶다.

몇 년 전, 볕에 바랜 집을 리모델링 했다. 세간살이를 모두 이삿짐센터에 맡기고 벽과 기둥만 남기다시피 한 큰 공사였다. 그 난리 통에 오랫동안 함께 해 온 벤자민 나무와 헤어지게 되었다. 베란다에서 키우기에는 너무 커 버린 탓이었다. 나무는 몇 번인가의 분갈이에도 더 이상 버티지 못하고 뿌리를 허공으로 내어 뻗어 줄기를 휘감고 있었다. 어떻게든 살아 보려는 몸부림이었지 싶다. 나중에야 이를 공기뿌리(기근)라고 한다는 걸 알았지만, 이 기이한 모습은 흡사 나무가 거꾸로 자라고 있는 것처럼 보였다.

허공을 향해 뿌리를 길어 올리며 거꾸로 자라는 벤자민 나무는 F. 스콧 피츠제럴드의 소설이 원작인 영화 「벤자민 버튼의 시간은 거꾸로 간다」를 떠올리게 했다. 영화 속 주인공 벤자민은 팔십 노인의 모습으로 태어나 점점 젊어졌다가 급기야 아기가 되어서 죽음을 맞이한다. 태어나자마자 양로원에 버려져서 죽음을 앞둔 노인들과 함께 살았던 벤자민은 인생을 누구보다 더 깊이 성찰할 수 있었을 것이다. 삶의 끝을 알고 있는 영화 속 벤자민은 가족의 행복을 위해 집을 떠나는 선택을 한다.

벤자민 나무는 자신의 운명을 이삿짐센터 주인에게 맡겨 버린 내 결정을 이해해 주었을까? 스스로가 자신의 떠남과 머무름을 선택할 수 없으니, 순순히 받아들였으리라 믿는다. 너무 무거워서 몸을 움직일 수 없게 된 나무였다. 기계의 도움을 받아 공중 사다리를 타고 아파트 창문을 넘어 떠나갈 때 나는 고개를 돌려 버렸다. 그리고 이 나무가 어느 마당 넓은 집에 팔려 가서 새롭게 뿌리를 내리게 될지, 아니면 잘게 잘려서 쓰레기 더미에 버려지게 될지 묻지 않았다. 혹시 후자라는 대답을 듣게 될지 두려워 짐짓 모른 척했다.

나무를 떠나보내려니 못내 마음이 쓰여서 새벽에 홀로 일어나 나무에게 작별 인사를 했다. 콧등이 시큰했다. 30여 년의 세월 동안 나무는 딸들과 함께 자랐고 나와 같이 나이 들어갔다. 벤자민 나무와 나이가 같은 큰딸은 그 나무를 '친구 나무'라고 불렸다. 작은딸은 그 나무 옆 작은 의자에 앉아서, 큰어머니가 머리카락을 자를 때 울지 않아서 사랑받았었다. 돌아가신 시어머니가 새하얀 행주로 나뭇잎 하나하나를 닦아 주며 아끼던 모습도 눈에 어른거린다. 똬리를 틀고 앉은 어머니에 관한 기억 하나가 꿈틀거리며 일어났다.

오랫동안 노환을 앓아 오던 시어머니가 더 이상 대소변을 가리지 못하게 되자, 남편은 어머니를 집 근처 '요양병원'에 모시겠다고 말했다. 오랜 기간 동행했던 시어머니와 갑자기 헤어지게 된 일을 받아들이기가 힘들었다. 다음 날 새벽, 간밤에 남편이 한 말을 들었는지 시어머니는 늘 감고 있던 눈을 뜨고 있었다. 한 달 넘게 멀건 미음으로만 연명해 온 어머니는 눈을 뜨는 일도 힘겹게 보였다. 요양병원으로 옮겨 가기 전, 나는 마지막으로 무슨 의식이라도 치르듯 아침 밥상을 차렸다. 어머니가 또 언제 내가 한 밥을 먹을 수 있을까를 생각하니 가슴이 두근거렸다. 허공을 응시하고 있는 어머니를 부축해서 일으키자 누웠던 하늘색 베개에 얼룩이 져 있다. 땀일까, 눈물일까? 아무런 의식이 없는 듯이 완전한 고독 속에 눈을 감고 있던 어머니가 혹시 간밤에 요양병원으로 모시겠다고 한 남편의 말을 알아들었던 것일까? 미역국 국물에 적신 밥숟가락 위에 간장으로 조린 가자미 살을 얹어 입에 넣어 드렸다. 먹지 못할 거라 여겼던 어머니가 찹쌀로 질척하게 지은 밥을 우물우물 씹더니 목 안으로 꿀꺽 삼켰다. 그 순간

내 눈에서도 눈물이 툭 흘러내렸다. 내 눈물도 못 본 듯 무심한 표정으로 어머니는 또다시 밥을 받아서 넘겼다. 기적 같았다.

시어머니가 요양병원으로 옮겨 간 날, 퇴근길에 들러 보니 어머니는 매우 작아진 몸뚱이를 모로 세워 힘없이 누워 있었다. 그때 나도 모르게 "아이고, 우리 어머니~" 하면서 아기 다루듯 기저귀 찬 어머니의 엉덩이를 두드렸다. 참 이상하다. 아흔을 바라보는 한 존재로서의 어머니가 집에 있을 때는 산만큼 무겁게 느껴졌던 게 사실이다. 그러나 이제 내 손을 떠났다고 생각되니 아기처럼 가볍게 느껴져 엉덩이를 스스럼없이 두드리게 된 것이다. 비로소 어머니가 새털처럼 가벼워져서, 시간의 강을 뛰어넘어 존재의 무게를 상실하는 순간이었지 싶다.

내가 시어머니처럼 아흔을 바라보는 나이가 되어 정신이 온전치 못할 즈음, 꾹꾹 누르고 살았던 내 무의식에서 무엇이 흘러나올까? 온전한 고독 속에 자신을 맡기게 되는 나이가 되면 나는 어떤 모습을 하고 있을지 궁금하다. 내 의식을 통제할 수 없는 시간이 찾아왔을 때, 혹시 남을 욕하거나 나쁜 말을 일삼지는 않을지 두렵다. 좋은 사람인 척하기보다 진짜로 좋은 사람이 되든지, 아니면 그때그때 풀어서 나쁜 감정들이 의식 밑바닥에 쌓이지 않도록 해야겠다. 퇴근길에 매일 시어머니를 뵙고 병원을 나오면서 제일 먼저 하는 일은 손을 씻는 일이었다. 무엇을 씻어

내고 싶은지 매우 세차게 씻었다. 어쩌면 아흔쯤에 만나게 될 내 모습에 대한 두려움을 떨치고 싶었는지도 모르겠다.

지금 시어머니는 공기 속 입자로 사라졌지만, 이제 나를 낳아 준 아흔 엄마의 삶을 힘겹게 지키고 있는 요즈음 생각이 많아진다. 류시화의 산문집 『새는 날아가면서 뒤돌아보지 않는다』를 꺼내 읽는다. 나도 새처럼 좀 가벼워지고 싶다. 매이지 않으려면 무엇이든 오래 끌어안기보다 떨구어 내야 한다. 베란다로 나가 창문을 연다. 나의 벤자민 나무도 어디에선가 살아 있다면 지금 잎을 떨구어 내는 중일까? 아니면 다시 피워 내는 중일까? 그것이 궁금하다.

4

엄마와 딸,
그리고 그의 딸

딸의 장기기증 서약서

큰딸이 오늘 새벽 자기 집으로 돌아갔다. 딸은 코로나로 국가 간 여행이 자유롭지 못해서 늦었다며 공항에 도착해서야 귀국 사실을 알렸다. 비행시간 외에도 영국 정부에 여행 허가를 받는 데 사흘이 걸렸단다. 언니 장례식이 끝난 다음 날에서야 입국해서 홀로 24시간의 격리 시간을 견디고 품에 안겼다. 딸은 언니를 잃은 내 곁에 며칠이라도 있어 주려고 그 힘든 여정을 마다하지 않았다. 지금 다시 하늘 위를 날고 있을 것이다. 비행시간이 20시간이든 200시간이든 살아 있으니, 우린 또 만날 것이다.

딸은 중3 이후로 늘 떠났다. 교환 학생, 타지에서의 대학 생활, 해외 인턴, 지금도 취업으로 국외에 거주 중이다. 하지만 언제나 내게로 다시 돌아와서, 늘 자신이 존재하고 있음을 증명해 주었다. 나와 딸은 두세 살 아이가 '있다! 없다!' 놀이를 반복하고 있는 것 같다. 바로 앞의 엄마가 얼굴을 가리면 무서워하다가 손을 떼면서 '까꿍' 하면 안도하고 까르르 웃는 놀이 말이다. 이 놀이에서 손바닥으로 얼굴을 가리면, 눈앞에 있는 줄 뻔히 알면서도 무서워하는 역할을 맡은 사람은 딸이 아니라 나였다. 딸이 떠났다가 다시 돌아오는 과정을 수없이 반복하면서 비로소 '대상영속성'의 개념을 깨쳐 가는 중이다. 물체가 가려져 눈앞에 보이지 않아도 그대로 존재한다는 개념 말이다.

집을 떠나 살지만, 늘 가까이 있다는 안도감을 주는 작은딸과 멀리 떠났지만 언제나 다시 돌아오는 큰딸이 있어 내 인생은 살 만하다. 오늘 떠난 딸에 대한 그리움이 벌써 고개를 치켜든다. 다행인 점은, 큰딸은 이제 미지의 세상을 향해 가는 것이 아니라는 거다. 사랑하는 사람도 있고, 굳게 믿어 주고 딸을 필요로 하는 직장 동료도 있고, 익숙하고 안락한 보금자리도 있다. 등 떠밀려 가는 게 아니라 자신이 오롯이 선택한 삶이니 기쁘게 보내 주어야 한다고 작은딸이 조언한다. 맞는 말이다. 어리게만 보였던 작은딸이 어떤 부분에서는 나보다 어른스럽다.

오래전, 장기기증운동본부로부터 한 통의 편지가 날아들었다. 급히 열어 보니 대학생이던 큰딸이 한 사후 '장기기증 서약서'였다. 종이가 내 손에서 파르르 떨리다가 다리 사이로 흘러내렸다. 처음에는 화가 났고 곧 무서운 생각이 들었다. 딸은 전화기 너머에서 뇌사 상태와 식물인간의 차이를 오랫동안 설명하며, 장기기증은 어떤 의료 처치에도 깨어날 수 없는 상태에서만 가능하다는 말로 나를 설득했다.

우리의 몸이 살아 있다는 것은 도대체 어떤 의미일까? 엄마의 자식들은 이생에 존재했지만, 지금은 없다. '있다! 없다!' 놀이를 하는 중이라면 얼마나 좋을까. 할 수만 있다면 언니와 오빠가 커튼 뒤에 숨어 있다가 '까꿍' 하며 홀연히 등장하도록 운명의 시나리오를 새로 쓰고 싶다. 엄마는 언니와 오빠의 몸을 만들어 주었지만, 그네들은 지금 바람과 수증기가 되어 우주 어딘가로 흩어졌다. 자연의 일부로 돌아갔으니 어떤 형태로든 어딘가에서 존재하고 있을 것이다. 돌이켜 보면 뇌사 상태에 빠졌던 오빠와 언니도 누군가에게 장기나 조직을 기증해 주었다면 좋았겠다는 생각이 든다. 그랬다면 세상 어딘가에서 언니의 눈은 좋은 경치를 보고 있을 것이고, 오빠의 심장도 누군가의 가슴 속에서 숨을 쉬며 생명을 이어 가고 있을 테니까 말이다.

딸의 사후 장기기증 서약이 그리 놀랄 일은 아니다. 우리는 모두 누군가의 몸을 빌려 잠시 현세에 머물다 다시 어딘가로 옮겨 가는 회전문 같은 존재가 아닐까? 이 순간에도 누군가는 제 몸을 정결히 하여 새 생명을 잉태하고 또 누군가는 자연의 일부로 귀환 중일 것이다. 생명은 사라지는 것이 아니라, 순환을 거듭하여 끊임없이 제 모습을 변화시킨다는 새로운 '대상영속성'의 개념을 체득한다. 딸이 사후에 온전히 모르는 누군가를 위해 자기 몸을 나누어 주겠다고 서약했기 때문일까? 나는 최근 장기기증

운동본부에서 지원하는 생명 존중 교육 강사가 되었다. 딸의 장기기증 서약에 그리 놀라던 내가 청소년들을 상대로 생명 나눔과 잇기 교육에 나선 것이다.

서로 이어지게 하는 게 신체만은 아니다. 롤랑 바르트는 '글쓰기가 바로 사랑하는 대상을 불멸화하는 일'이라고 말했다. 훗날 내가 보게 될 엄마의 엔딩노트가 그리고 또 언젠가는 내 글을 보게 될 딸과 그의 딸이 그렇게 서로의 시간을 포개며 이어갈 것이다. 그러니 '죽음은 끝이 아니라 순환하는 것'이라고 메모해 둔다.

내가 딸을 사랑하는 마음과 그리움이 차오를수록 딸을 잃어버린 엄마가 느끼고 있을 슬픔이 점점 커져 온다. 어쩔 수 없다. 아는 것과 느끼는 것은 다른 문제이지 않은가.

거미와의 동행

　내 눈 속에 거미가 살고 있다. 오른쪽 눈동자 끝에 그물을 치고 있는 그놈의 정체를 잘 살펴보려고 눈동자를 왼쪽으로 굴려본다. 포획된 먹잇감이라도 낚아채듯 거미가 냉큼 달려 나온다. 마치 팽팽한 거미줄 위에서 춤이라도 추듯 조금도 주저함이 없다.

　미루다 찾아간 안과에서 '비문증'이라는 진단을 받았다. 의사는 노화의 일종으로 치료 방법이 없다고 대수롭지 않게 말했다. 수정체와 망막 사이를 채우고 있는 유리체가 혼탁해지면서 망막에 그림자를 드리워 벌레가 날아다니는 것처럼 보인단다. 며칠 전 나는 작은딸 방 천장에서 수직 낙하해서 거꾸로 매달려 있는 거미를 죽인 적이 있다. 가느다란 거미줄에 의지한 채 다릿마디에 빳빳하게 힘을 주고 있는 거미는 파리나 모기를 죽일 때와는 달리 섬뜩한 느낌이 들었다. 거미는 육지에 살게 된 최초의 동물이라고 하니 영물일 것이다. 그래서였을까. 눈 속 검은 비문의 정체가 바로 내가 죽인 거미의 상이 맺힌 게 아닐지 하는 의심이

들었다. 거미는 눈이 8개나 되지만 시력은 매우 나쁘다고 한다. 눈이 있다고 모두 다 잘 보는 것은 아닌가 보다. 나도 안경을 낀 적이 없는데 정작 보지 못하고 산 게 있었다. 가장 가까이 있는 작은딸의 마음이었다. 그동안 나의 무의식이 외면해 왔던 것일까? 거미와의 불편한 동거가 시작된 이후로 책을 읽는 대신 우두커니 앉아서 생각하는 시간이 많아졌다.

그날도 그랬다. 뭔가 사소한 일로 남편의 거친 언행이 시작되었다. 시어머니의 제삿날이라 행주로 제기를 닦고 있던 작은딸이 갑자기 소리를 질렀다. 늘 눈길조차 피하던 아버지에게 큰 소리로 울며 대항한 일은 처음이었다. 급기야 딸은 집을 뛰쳐나가 버렸다. 평소 아버지의 나무람에 늘 말이 없던 온순한 딸이었기에 더 놀랐다. 이튿날, 도시락을 핑계 삼아 회사로 찾아간 나에게 딸은 강력하게 독립을 선언했다.

"신체적으로나 정서적으로 독립하고 싶어요. 어린 시절부터 아버지가 두렵기만 했고, 다 성장한 지금도 남성을 적대시하거나 방어적 태도로 대하게 되었어요."라며 울면서 고백했다.

"엄마도 이제 무조건 참으면서 누구를 위해 살지 말고 자기 행복을 위해서 사세요." 딸의 일성은 야멸찼다. "아빠에 대한 엄마의 수동적인 태도가 아빠를 더욱 공격적으로 만들었어요."라는 말에 나는 독거미에 쏘인 것처럼 마비되고 말았다.

딸은 타란툴라였다. 타란툴라는 몸집이 크고 온몸이 털로 뒤

덮여 있는 무서운 독거미로 알려졌지만, 실은 성격이 얌전하고 온순해서 애완동물로도 키운다고 한다. 먼저 공격하는 법은 없지만, 적의 공격을 받으면 등 쪽에 무수히 나 있는 날카로운 털을 뽑아 적을 향해 던진단다. 그날 딸은 자객이 표창을 던지듯 나에게 마구 비수를 던졌다. 늘 조용하고 순응적이던 작은딸이 가슴속 어디에 이런 날카로운 비수를 숨기고 있었을까? 딸이 말했다. 최근 독서 모임에서 미국의 임상심리학자인 토니 험프리스의 『가족의 심리학』을 깊이 읽은 후, 우리 가족의 문제점이 무엇인지 알게 되었고 오랫동안 고민해 왔다고 한다. 자신이 깊은 곳에 숨긴 방어 기제가 언제 해제될지 몰라 두렵다는 말을 덧붙이는 딸의 목소리는 떨리고 있었다.

남편의 별명은 '바른 생활 사나이'였다. 별명에 걸맞게 자기가 세운 기준에 맞지 않는 가족들에게 자주 화를 분출하며 매섭게 몰아치는 사람이었다. 나는 남편의 양육 태도에 문제가 있다고는 생각했지만, 문제 삼을 용기가 없었다. 그저 저 시절의 남자들은 모두 가부장적인 환경 속에 자라서 자신도 모르게 아버지를 닮아버린 것이라고 이해했다. 그렇게 인정해 줌으로써 내가 아이들을 보호하기 위해 남편에게 대항해야 하는 위험으로부터 도망쳤다. 가능한 한 남편에게 맞춰 주고 인내하며 좋은 아내, 착한 여자라는 주변의 평판을 유지했다. 딸이 가끔 무기력해지고 자존감이 바닥이라고 말할 때조차 나는 그 심각성을 알아차리지 못했다. 딸에게 가해지는 고통을 전혀 느끼지 못한 건 아니었지만, 어쩌면 반복되는 일상에서 점차 둔감해지고 있었던 게 아닐까 싶다.

거미는 실재하는 것인지, 아니면 내가 만들어 낸 허상인지 나도 잘 모르겠다. 어느 순간 끈질기게 따라붙던 눈 속 거미가 보이지 않을 때가 있다. 그러다가 거미의 부재를 눈치챈 순간에는 어김없이 다시 나타났다. 거미는 나를 조롱하고 있었다. 평생 거미와 함께 세상을 바라볼 사태를 걱정하는 나에게, 안과 의사가 했던 말이 떠올랐다.

"걱정하지 마십시오. 곧 안 보이게 될 겁니다. 우리의 뇌는 금방 익숙해져서 의식하지 않으면 보이지 않게 됩니다."

의식할 때만 보인단다. 보이지 않는다고 없는 것이 아니라니, 안 보이는 순간이 더욱 겁이 났다. 보이면 보이는 대로, 안 보이면 안 보이는 대로 거미는 수동적이고 나약한 자아를 가진 나를 담금질하고 있었다.

우리는 부모로서, 자식을 완전히 독립시키기 위해 키운다고 말하면서도 '보호'라는 이름으로 가두고 통제해 왔다. 운동 방향과는 언제나 반대로 작용하는 마찰력처럼 가장 가까워야 할 가족끼리 오히려 상처를 주고받는 모양새였다. 나는 고통스럽지만 자신에게 유죄를 선고해야 했다. 그동안 좋은 부모는 아니었으나 최선을 다해 살았다는 핑계를 대면서 나를 심판대에 세우는 일이 어렵게만 느껴졌다. 같은 굵기의 강철보다 다섯 배나 강하다는 거미줄이 내 목을 옥죄어 오는 것 같아 숨이 막혔다. 딸의 상처를 알아차린 순간부터 심한 우울과 불안에 휩싸였다.

우리 가족의 상태를 알고 싶어 가족 상담을 신청했는데, 이 또한 자신을 솔직하게 마주하기 위해서는 엄청난 용기가 필요했다. 딸 덕분에 읽은 몇 권의 심리학 관련 책들이 한결같이 '알아차림'이 중요하며 자신의 문제를 직면하는 것만으로도 치유할 수 있다고 깨우쳐 준다. 덕분에 내 안에 어른이 되지 못하고 웅크리고 있는 '내면 아이'와도 처음으로 만났다.

상담사가 말했다. "평생 가장 기뻤던 일과 슬펐던 일을 적어 보세요." 질문지에 답을 써 놓고 나서 나 자신도 놀랐다. 가장 기뻤던 순간과 가장 슬펐던 순간이 모두 엄마와 엮여 있었다. 기억 속 가장 기뻤던 때는 학교에서 돌아오니 평소와 달리 엄마가 집에서 나를 맞아 주었던 순간이다. 초등학교 1학년이던 나는 큰 소리로 엄마를 부르며 달려가서 덥석 안겼다. 그 순간이 얼마나 깊이 각인되었는지 그날 엄마가 입은 옷의 무늬도 기억난다. 갈색 지지미 얇은 천에 자잘한 흰색 꽃무늬가 있는 원피스였다. 평생 그 순간이 가장 기뻤던 때라고 대답하는 나 자신이 어린애 같았다.

가장 슬펐던 기억 역시 엄마였는데, 엄마가 물건을 팔러 떠나는 겨울 아침에 내가 엄마의 치맛자락을 잡고 가지 말라고 울며 매달리고 있었다. 그 기억을 불러오니 저절로 눈물이 흘렀다. 예

순이 넘은 나는 엄마 앞에서 여전히 어린애였고, 엄마를 떠나지
못해 울고 있었다. 이 사실을 알아차린 순간, 나는 과감하게 딸
을 떠나보내기로 결심했다.

얼마 후, 딸은 허물을 벗듯 입었던 옷을 침대 위에 벗어 놓고
자신의 새로운 집을 향해 떠났다. 텅 빈 방을 우리 부부는 오래
도록 함께 바라보았다. 거미는 자라기 위해서 여러 번 탈피 과정
을 거친다고 한다. 탈피하는 순간 위협을 받았을 때 스스로 잘라
냈던 다리도 다시 생겨난다고 하니, 딸의 상처가 아물고 새살이
돋아나기를 바랐다. 날개가 없는 거미가 날아다니는 곤충을 잡
기 위해 허공에다 거미줄을 치는 기술을 발달시키지 않았던가.
딸은 이제 스스로 자신의 삶을 만들어 갈 것이다. 나도 심리적으
로 어린아이처럼 엄마에게서 분리가 되지 않은 모습을 발견한 계
기가 되었다. 내 눈동자 속의 비문을 망각하지 않아야겠다. 그것
의 존재를 알아차리는 한, 나와 거미와의 동행은 함께 추는 아슬
아슬한 춤이 될 것이다. 중심을 잃지 않으려고 안간힘을 쓰면서
서로 밀고 당기는 춤 말이다.

멍의 기억

큰딸의 팔에 멍이 들어 있다. 보름 전, 미국에 거주하고 있는 딸이 연말을 가족이랑 보내고 싶다며 귀국했다. 오랜만에 건강 검진을 받다가 사소한 병증을 발견하고 시술을 했는데, 멍은 그때 병원에서 주사를 맞은 자국이다. 멍 부위를 자세히 들여다보던 딸이 왜 시간이 갈수록 멍 색깔이 더 시퍼렇고 짙어지는지 모르겠다며 고개를 갸우뚱한다. 작은딸이 '멍이 짙어지면 나아지고 있다는 증거'라는 인터넷 검색 결과를 보여 준다. 멍이 들면 처음에는 혈액의 적혈구와 헤모글로빈 때문에 붉은색으로 보이다가 시간이 지나면서 적혈구가 산화되어 보라색이나 푸른색, 노란색, 갈색으로 변해 간단다. 멍의 색깔이 어떻게 변했는지를 보면 상처가 어느 정도 나아가고 있는지를 알 수 있다고 알려 준다. 멍에 대한 새로운 정보가 내 머릿속으로 또르르 굴러들어 온다.

'멍.'

묘하다. 입 밖으로 소리를 내보내도, '멍'이라는 음가는 입속에서 머뭇거리다가 차마 공기 속으로 나아가지 못한다. '멍'을 발음한 후에 입을 의식적으로 다물기 전에는 원래 입이 벌어져 있었던 것처럼 그대로 있다. 멍을 여러 번 발음해 본다. 머릿속이 아득해진다. '멍을 때린다'라는 표현은 이럴 때 하는 것일까? 이제 작심하고 멍이라는 단어를 입속에서 가만히 굴려 본다.

'멍.'

소리가 입 바깥으로 나가기는커녕, 기를 쓰고 목구멍 안으로 다시 기어들어 온다. 멍이 목울대를 타고 가다가 가슴에서 맺힌다.

왜 멍이라고 발음할 때 가슴이 뜨끔거렸는지 알 것 같다. 딸의 팔뚝에 난 멍은 짐작해 보건대, 두 딸의 가슴에 구럭처럼 아로새겨졌을 상처로 느껴졌기 때문이다. 그것이 나를 찔렀을 것이다. 작은딸이 자신만의 주거지를 가지도록 도운 건 정작 나였지만, 결국 딸이 떠난 후에는 눈물이 흘렀다. 공주처럼 여기며 마련해 준 키 높은 침대와 새하얀 옷장이 텅 빈 채로 남겨졌을 때 한동안 그 방문을 열어 보지 못했다. 어느 날 저녁, 조금 열린 방문 틈새로 보인 빈방의 모습이 캄캄한 동굴 같아서 무섭기까지 했다. 그 두려움은 아마 상처받고 웅크리고 앉아 많이 울었을 딸에 대한 죄책감이었는지도 모르겠다.

두 딸의 마음속에 똬리를 틀었던 부모로부터 받은 상처가 서서히 옅어지고 있는 걸까? 큰딸이 연어처럼 돌아왔다. 추억도 보정을 할 수 있다면, 사진처럼 명징하게 자리 잡았을 성장기의 어떤 순간들은 아름다운 기억으로 수정해 주고 싶다. 큰딸은 집에 2주간 온전히 머물다 갔다. 그동안 작은딸도 언니를 보러 와서 자고 가기도 하면서 많은 시간을 함께 보냈다. 새삼스럽게 가족 네 명이 한 공간에서 부대끼고 같은 식탁에서 밥을 먹는 사소한 행위가 이렇게 행복감을 주는 일이었나를 깨닫게 한다.

크리스마스에는 트리를 장식하는 대신, 함께 만두를 빚었다. 나란히 앉아서 부추 만두와 김치 만두를 빚는 딸들의 모습이 어엿하다. 밀가루 반죽을 매만지는 손끝도 옛날과 달리 야무지다. 함께 빚은 100여 개의 뽀얀 만두가 입이 벌어지지 않고 단단하게 맞물려 있다. 두 딸의 삶도 이렇게 잘 여문 만두처럼 평탄했으면 좋겠다. 한 침대 위에서 서로의 체취를 맡고, 티격태격하며 함께 편안히 널브러져 있는 두 딸의 모습이 너무 예쁘다. 아니, 감사하다. 그래도 마음 한편에는 언제나 딸들에 대한 미안함이 더 크게 자리 잡고 있다. 만약에 부모를 선택할 수 있다면, 딸들은 과연 나를 부모로 선택했을까? 라는 생각에 미치자, 자신이 없다. 그래도 나는 사는 동안 내가 딸들의 부모라서 매번 더 좋은 선택을 하면서 살아왔다. 또 가끔은 어려움 앞에서 주눅 들지 않고 자식 덕분에 용기를 낸 적도 많다. 오래전, 두려웠던 운전면허 실기 시험장에서 딸들의 이름을 부르니 정말로 용기가 났다.

문득 작은딸이 말했다. "희미해진 멍의 흔적은 훈장으로 가슴에 지니는 거야."

한 번 받은 상처는 흔적 없이 말끔히 지워질 수 없다는 말일 것이다. 다만 더 이상 그 상처가 딸을 다치게 하지 않기를 바란다. 가벼운 바람도 모래 위에 물결 모양의 흔적을 남기지 않던가. 그렇게 만들어진 울퉁불퉁한 연흔도 시간이 쌓이면 단단한 퇴적층의 땅으로 굳어지고 온갖 흔적과 이야기를 품어 역사가 된다. 상처가 오히려 훈장으로 변해서 이제 두 딸도 흔들리지 않는 걸음으로 자신의 길을 걸어갈 수 있기를 응원한다.

문득 나 자신에게도 가만히 질문한다. '다시 태어나도 엄마의 딸로 태어나고 싶은가?' 망설이지 않고 나는 '그렇다'라고 대답한다. 나는 엄마 삶을 증언할 충실한 '변호인'이 되어 드리고 싶기 때문이다.

나를 롤 모델이라고 말한다면

어느 날, 나른함이 몰려오는 시각에 작은딸이 톡 메시지를 보내왔다.

"엄마는 나의 롤 모델이에요."

한참 있다가 슬며시 궁금해져서 물었다.

"도대체 나의 어떤 점이 너의 롤 모델인데?"

딸이 주저하지 않고 말했다.

"엄마는 남 탓도 안 하고 항상 긍정적으로 살잖아요.

아직도 배움과 공부를 항상 가까이하는 모습도 멋져요.

그렇지만 뽐내지 않는 점이 더 배울 부분이에요.

우리를 엄청나게 사랑해 주고, 나이가 들어도 소녀 같아서 좋아요.

방방 뛰면서 행복해하다가 또 금방 감동해서 울고 그런 점도 다 좋아요.

사실은 엄마가 걸어온 모든 발자취가 배울 점이에요."

가장 가까운 딸에게서 듣는 롤 모델이라는 말에 기분이 좋아져서 다시 나를 들여다본다. 나는 비교적 긍정적이고 호기심이 많아서 뭐든 배우는 걸 좋아한다. 그러니 딸의 눈에 비친 모습이 그럴듯하고 괜찮았을 듯하다.

"방방 뛰면서 행복해하다가 또 금방 감동해서 울고 그런 점도 다 좋아요." 이 점은 왜 좋을까?

아마 내가 좀 더 가볍고 순간순간 기쁨을 만끽하면서 살았으면 좋겠다는 생각인 것 같다. 내 행복을 빌어 주는 예쁜 마음이 느껴져 미소가 머금어진다.

나를 롤 모델이라고 말하는 아이가 한 명 더 있다. 내가 딸처럼 여기는 제자이다.

"선생님은 저의 롤 모델이에요."

어떤 면에서는 그 아이가 딸보다 더 나를 닮았다는 생각이 든다. 넉넉지 않은 환경 속에서도 자신의 길을 씩씩하게 찾아 나가는 모습에서 자주 나를 보는 듯해서 늘 마음이 쓰였다. 마치 나 자신이기라도 하듯 마음속 깊이 제자의 꿈을 응원했었다. 이제 그 아이는 남들이 부러워하는 공기업에 다니고 결혼도 했다. 예쁜 딸도 낳아 키우는 데다, 주거 불안도 없으니 남부러울 게 없어 보인다. 그런데도 아침 일찍 출근해서 책을 읽고 글도 쓴다니 무엇보다 더 미덥다. 어쩌다 만나 이야기를 나누면, 마치 내 뱃속에서 빠져나간 것처럼 나를 똑 닮아서 흠칫 놀랄 때도 있다.

그 아이는 어느 해부턴가 새해가 되면, 안부 인사 카드와 함께 『젊은작가상 수상작품집』을 선물로 보내왔다. 왜 이 책을 보내는지 이유를 너무 잘 알 것 같아서, 차마 선뜻 책장을 넘기지 못한다. 제자는 이제 다 자라서 거꾸로 내 꿈을 응원해 주고 나를 추켜세우는 글도 보내 준다.

"이맘때면 습관적으로 『젊은작가상 수상작품집』을 두 권 사고 편지글을 고릅니다. 선생님의 젊음과 저의 젊음을 지켜보며 지나온 우리의 시간이 귀합니다."

"올해도 『젊은 작가상 수상작품집』을 보냅니다. 여성 작가들의 약진을 보며 선생님을 떠올리지 않을 수 없습니다. '앞선 여성이 걸어간 길'에는 늘 선생님이 있습니다."

"저는 선생님을 그리워하고, 또 그리워하고, 매일 그리워하고. 그러다가 이것이 선생님을 그리워하는 건지 나의 중학생 시절을 그리워하는 건지 헷갈립니다."

얼마 전, 그리워하던 제자와 다시 만났다. 출산 직후 만났었는데, 벌써 딸이 6살이라고 하니 5년 만인 것 같다. 내가 서울로 가는 길에 그 아이의 집이 있는 김포로 갔다. 공항에서 만나자마자 우리는 서로 끌어안고 울었다. 눈물 속에서 육아와 직장 사이에서 허덕이는 30대 여성의 녹록지 않은 삶이 느껴졌다. 제자는 오래전 내가 지나온 길을 똑같이 걷고 있었다. 나에게는 여전히

14살의 짧은 단발머리 아이지만, 중학생 시절이 그립다고 말하는 서른 중반을 넘긴 여인이 이제 친구처럼 느껴졌다.

나도 뒤돌아보니 온갖 것이 다 그립다. 가끔은 젊은 교사로서 열정을 가지고 아이들을 끌어당기고 밀어주던 때가 그립다. 어린 내가 그립고, 딸들을 먹이고 씻기고, 작은 일로 꾸중하고 다투던 때도 그립다. 내가 지금 엄마 이야기를 쓰는 것처럼, 딸이 아흔 노인이 된 내 이야기를 쓴다면 이렇게 써 주면 좋겠다. 김서령의 책 『여자전』에서 선불교의 깨달음을 춤으로 표현했던 춤꾼 이선옥의 말처럼 말이다.

'보통 사람은 감정을 돌에 새긴다. 그래서 집착한다. 그러나 우리 엄마는 모래 위에다 글씨를 썼어. 파도가 오면 글씨는 곧 쓸려 나가버려도 그뿐이라고 생각하는 사람이었지. 그만큼 매이지 않고 자유로운 사람이었어.' 이렇게 써 주기를 바라는 이유는 내가 얼마나 애쓰면서 살았는지 아무도 몰랐으면 좋겠다는 생각이 들어서이다.

나는 감정을 모래에 쓰는 것보다 차라리 돌에 새기는 게 더 쉬운 사람이다. 과거의 시간을 움켜쥐고 놓지 못하는 내가 '모래 위에다 글을 쓰는 사람'으로 살 수는 없을 것이다. 그래서 이 문장에 더 오래 머물게 된다. 『젊은작가상 수상작품집』이 나와 거리가 너무 멀어서 가슴이 아린 것처럼 말이다.

'집착하지 않는 자유로운 삶'은 연습을 하면 가능하기는 한 걸까? 사랑하는 딸과 제자가 나를 롤 모델이라고 말한다면, 나는 더욱 '가벼운 사람'이 되고 싶다. 아니, 되어야 한다. 내가 그렇게 살아야 그네들의 삶도 더 가뜬해질 테니 말이다.

엄마는 그래도 돼요

지난해, 런던에 갔을 때이다.

런던 웨스트 엔드는 뉴욕의 브로드웨이와 함께 세계 뮤지컬 무대의 중심으로 알려져 있다. 웨스트 엔드에서 크고 작은 뮤지컬 공연이 매일 50여 편씩 일 년 내내 펼쳐진다니, 갑자기 돈이 좀 많았으면 좋겠다. 저녁마다 공연을 보면 행복할 것 같다. 코벤트 가든에서 5분 정도 걸어가니 「겨울왕국」, 「라이온 킹」 등의 공연을 하는 전용 극장들이 나온다. 딸이 예약해 준 뮤지컬은 벨로 극장의 「맘마미아」였다.

예전에 영화로 본 적이 있지만, 뮤지컬 본고장에서 보는 공연은 마음을 설레게 했다. 좌석은 1층의 앞자리였다. 이런 호사가 없다. 당시 런던에 거주 중이던 딸은 우리 부부가 여행하는 보름간 평생 할 효도를 미리 다 하는 게 아닌가 싶을 정도로 많은 즐길 거리와 볼거리, 먹어 버리기에는 너무 아까운 식사를 예약해 놓았다.

극장 안에는 젊은 관광객도 있지만, 노인들이 상당수 눈에 뜨인다. 곧 막이 오르고, 도나의 딸 소피의 독백과 노래가 시작되었다. 스무 곡이 넘는 ABBA의 곡이 2시간 넘게 계속해서 가슴을 뛰게 했다. 나는 평소 음악을 즐기지 않지만, 눈앞에서 배우들이 귀에 익숙한 노래를 부를 때는 관객과 커다란 덩어리가 되어 함께 빨려 들어갔다.

어떤 노래는 예전에 영화를 보다가 울었던 딱 그 부분에서 코끝이 시큰했다. 2막에서 감정이 고조되면서 듣게 된 「아이 해브 어 드림」은 더 이상 참지 못하고 눈물을 쏟게 했다. 이는 얼마 후 꿈을 안고 대서양을 건너 미국으로 이주하는 딸이 부르는 노래처럼 들렸다.

커튼콜 공연까지 끝나고 객석에 불이 켜졌다. 배우는 사라지고 관객만 남았다. 같은 노래에 가슴 뛰었던 기억 때문인지 낯선 사람들이 모두 친근하게 느껴졌다. 앞과 뒤 좌우의 관객들과 서로 인사를 나누었다. 감동 때문에 쉽게 일어서지 못하는 옆자리 80대로 보이는 노부부도 눈시울이 붉어져 있다. 분명 젊었을 때부터 들었을 음악을 오늘 다시 들으며 저 부부는 어떤 생각을 했을까? 같은 스타를 좋아하는 팬클럽이 무리를 지어 전국으로 함께 공연을 보러 다니는 이유를 조금은 알 것 같다.

늦은 밤거리를 걸어서 딸의 집으로 돌아오는 내내, 나는 여흥

이 가시지 않아 「아이 해브 어 드림」을 흥얼거리다가 극 중 주인공의 몸짓을 흉내 내며 빙글빙글 춤을 추며 걸었다. 물끄러미 바라보는 딸의 시선에 갑자기 머쓱해져서 춤을 멈추고 물었다.

"한밤중에 길거리에서 춤을 춰도 될까?"

딸이 말했다.

"엄마는 그래도 돼요."

아무렇지 않게 툭 던지는 그 한마디 말이 엄청난 위로가 된다. 그동안 살아온 내 삶이 모조리 괄호 안으로 압축되면서 가벼워지는 느낌이 든다.

"그 누구라도 엄마를 괴롭힌다면, 지구 끝까지 찾아가서 가만두지 않을 거예요."

딸은 엄마를 지키기 위한 전사 같은 표정을 지어 보이며 어린아이처럼 말했다. 딸과 달리, 나는 지금 엄마를 지켜 드릴 힘이 점점 빠져나가고 있음을 느낀다. 딸과 함께 여행하는 내내 나는 엄마를 한 번도 떠올리지 않고 지나가는 날이 늘어났다. 자주 내 기쁨과 행복에 취해서 엄마의 존재조차 잘 생각나지 않은 날이 많았다.

내가 마음속으로 다시 묻는다.

"이래도 괜찮을까?"

딸은 열 번이고 똑같이 대답할 것이다.

"엄마는 그래도 돼요."

딸은 어느새 내가 엄마에게 느끼는 감정을 그대로 닮아 가고 있는 듯하다. 내 삶에서 엄마가 우선이었던 것처럼, 딸의 삶에서 내가 우선이 될까 봐 걱정이 되기도 한다. 딸은 오롯이 자신의 삶을 살았으면 좋겠다. 정신 분석 상담 전문가 박우란은 그의 책 『딸은 엄마의 감정을 먹고 자란다』 속에서 이렇게 말한다.

'너무 괜찮아지려고 하지 않아도 됩니다. 좀 괜찮지 않으면 어떤지요? 괜찮지 않아도 괜찮습니다.'

나 역시 괜찮아지려고 너무 발버둥 치느라 괜찮지 않았다는 생각이 든다. 딸과 함께한 순간들은 내가 힘들 때마다 경직된 몸을 이완시켜 주는 따뜻한 추억으로 남을 것 같다.

집으로 돌아가면 하루에도 몇 번씩, 아니, 매 순간 엄마에게 이렇게 말해 주고 싶다.

"엄마는 그래도 돼요."

너무 멀지도, 가깝지도 않은 거리

나에겐 두 딸이 있다. 둘은 같은 듯 다르고, 다른 듯 같다. 큰딸이 즉흥적이고 직관적인 데 비해 작은딸은 사려 깊고 얼마간은 분석적이다. 다른 점이 무엇이든 간에 둘 다 집을 편안한 곳이라 여기지 않는다는 공통점이 있다.

며칠 전, 내가 큰딸에게 물었다.

"과거의 어느 시점으로 돌아가서 내가 다르게 행동했다면, 너희들이 그렇게 일찍 독립하지 않고 함께 살 수 있었을까?"

큰딸이 말했다.

"과거는 지나가 버렸으니 연연해하지 마세요. 앞으로 엄마가 어떻게 더 행복하게 살 것인가만 생각하면 돼요."

갑자기 내가 학생이 되고, 딸이 선생님이 된 것처럼 느껴졌다.

작가 쓰루미 와타루는 그의 책 『멀어질수록 행복해진다』에서 가족 사이에도 거리를 두는 게 맞다고 말한다. 책의 부제가 '관계

지옥에서 해방되는 개인주의 연습'이라고 쓰여 있으니, 가족의 유대보다 개인의 자유를 우선하는 듯하다. 그는 아무 의심 없이 자신의 확장이라고 여기는 가족마저 결국은 자신을 얽매는 족쇄일 수 있다고 주장한다. 작가는 어린 시절, 형이 폭력을 행사하곤 했는데 자신이 찾은 답은 형과 관계를 회복하는 게 아니라 멀리하는 거였다고 한다. 가족관계가 너무나도 밀착되어 있는 우리나라에서는 조금 생소한 해법이다.

실제로 내가 학교에서 가족 단원 수업을 할 때였다.

"나에게 가족이란 무엇인가?"라는 질문을 던지고 학생들 각자의 생각을 발표하게 했다. 의외로 가족에 대해서 부정적으로 답하는 아이가 많았다. 성별이나 출생 서열에 따라 부모가 자신이 아닌 다른 형제를 편애한다고 느낄 때 특히 힘들어했다. 시도 때도 없이 심부름을 시키거나 폭력을 쓰는 형 때문에 그동안 참았던 감정이 북받쳐 올라 눈물을 보이는 아이도 있었다. 몇몇은 차라리 형제나 자매가 없었으면 좋겠다고 말해서 깜짝 놀랐다.

나는 아이들에게 가족이라고 해도 '당연한' 관계가 아님을 몇 번이고 강조했다. 긍정적인 관계를 유지하기 위해서는 지속해서 대화하고, 서로 이해하려고 노력해야 함을 힘주어 설명했다. 또한 교과서에 있는 대로 가족 간에 화내지 않고 감정을 전달하는 대화법인 '나 전달법'을 짝과 실습시켰다. 반대로 학교 학부모 독서회에서는 자녀들의 돌출 행동에 상처받고 눈물을 펑펑 쏟는 학부모들을 어렵지 않게 만난다. 부모와 자식 중에서 누가 더 노력해야 할까? 성장기의 자녀는 부모를 떠나는 선택을 하기가 어렵다. 그러니 이 시기의 자녀를 둔 부모가 더 이해하고 소통하려는 노력을 기울여야 함이 당연하다.

부모의 역할은 자식을 온전한 개체로 살아갈 수 있도록 돕는데 있다. 다 자라면 스스로 독립해서 살아가도록 해야 하니 '가족이란 어쩔 수 없이 헤어짐을 전제로 하는 관계'일지 모른다. 정작 이 말은 나 자신에게 해 주고 싶었던 말이지만, 나는 복습을 하듯 타인을 향해 되풀이하고 있었다. 가르치면서 배웠다. 가족이 같이 살고 떨어져 살고는 더 이상 중요하지 않다. 가족이라고 해도 적절한 거리를 두고, 서로의 삶을 존중해 주어야 한다. 하지만 우리나라와 같이 유대가 끈끈한 가족 중심 사회에서는 성인이 된 자식의 신체적·심리적 독립이 쉽지 않다. 요즘은 부모에게 의존하려는 자식이 더 문제가 되는 세태이니 일찍 독립한 딸들에게 오히려 고맙다는 생각이 든다.

오래전 일이다. 시어머니가 대소변을 가리지 못해서 비위가 약한 내가 헛구역질을 하고 있었다. 소리를 듣고 방에 있던 큰딸이 쪼르르 뛰어나왔다. 딸은 "할머니, 응가했네. 제가 씻겨 드릴게요."라며 화장실에서 할머니 몸을 구석구석 씻겼다. 이를 본 남편은 어머니를 요양병원으로 모시겠다고 말했다. 나와 두 딸은 완강하게 거부하며 큰 소리로 울었다. 그때만 해도 요양병원이 지금처럼 일반적이지 않던 때라 선뜻 받아들이기에 어려웠다.

세월이 흐르고 생각해 본다. 지금껏 내가 시어머니에 대해 좋은 기억만 가지고 있는 이유는 당시 남편이 어머니와 내가 적당한 거리를 유지하도록 해 주었기 때문인 듯하다. 만약에 힘든 시간이 길어졌으면, 나는 평소에 그렇게 좋아하던 시어머니를 분명 미워했을 것이다. 애초에 수렵 생활을 하며 살아온 인간에게는 가족이라도 서로 적당한 거리가 필요하도록 진화해 왔는지도 모른다. 지금도 나는 시어머니와 함께 찍은 가족사진을 거실 중앙에 두고 바라본다. 온화하고 배려심 깊었던 그분이 시어머니라서가 아니라, 한 인간으로서 존경하고 감사를 표하고 싶어서다.

당시 내 옆에서 울고만 있던 작은딸이 눈물이 그렁그렁한 눈으로 말했다.

"나는 엄마가 이렇게 울 줄 몰랐어요. 할머니가 안 계시면 솔직히 엄마가 좀 편하게 지낼 수 있잖아요." 늘 학교 일로 퇴근이 늦은 나를 대신해서 할머니 저녁밥을 챙기던 아이였다. 예민한 작은딸에게 내 속마음을 들키기라도 한 것 같아 얼굴이 뜨거웠다. 삶은 언제나 부메랑이 되어 돌아올 것임이 분명하다. 나는 더 미룰 수 없어서, 평소에 생각해 왔던 말을 그 자리에서 풀어 놓았다.

"다음에 엄마가 치매에 걸리거나 화장실에 못 가게 되면, 망설이지 말고 요양병원에 보내 줘. 그때 판단력이 없어서 안 가겠다고 고집을 부려도 그건 엄마의 원래 마음이 아니다. 그러니 꼭 보내야 한다."

나도 내 딸들과 너무 멀지도 가깝지도 않은 거리였으면 좋겠다. 적어도 돌봄이 의무나 희생은 아닌 관계로 남고 싶다. 그러나 지금 내가 조금 더 엄마를 가까이 모시고 살고 싶은 이유는 아직 엄마와 나 사이에 너무 멀지도 가깝지도 않은 거리를 측정해 내지 못해서이다. 또 내가 엄마와 강하게 '연결'되어 있다고 느낄 때, 오히려 기쁨이 차오르기 때문이기도 하다.

한없이 기다리게 하는 존재

내가 주말을 기다리는 이유는 뉴욕에 사는 큰딸과 화상 통화를 마음껏 할 수 있어서다. 꼭 전해야 할 말은 없다. 그저 비가 오는지, 저물녘 모습은 어떤지, 밥은 무엇을 먹었는지와 같은 자잘한 일상을 나눈다. 그렇다고 내가 선뜻 전화를 걸지는 않는다. 서로 다른 시간대를 살고 있으니 상황을 몰라서이기도 하지만, 딸과의 관계에 있어서 나는 늘 기다리는 쪽이다. 전화와 같은 사소한 일에도 늘 하는 쪽과 받는 쪽의 역학 관계가 자연스레 굳어지기 마련이다. 어쩌면 자식은 원래 부모를 기다리게 하는 존재라서 그런지도 모른다.

딸은 세상 모든 인연이 '시절 인연'이라고 딱 잘라서 말한다. 관계에 있어서 영원한 것은 없으니, 엄마가 힘들면 어떤 관계든 벗어나라고 한다. 그런 조언은 내가 딸에게 해 왔는데, 이제 딸이 나에게 되돌려 주고 있다.

"부모와 자식과의 관계도 시절 인연일까?" 내가 물었다. 잠시 생각하던 딸은 그건 아니란다. 부모와 자식은 혈연관계라서 벗어날 수 없단다. 어쩌면 당연한 말인데도 코끝이 찡하다.

그동안은 내 기다림만 보였다. 이제 돌이보니 엄마도 나를 기다렸을 거라는 생각이 든다. 전화를 기다리고, 방문을 기다렸을 것이다. 다른 관계는 내가 애써 만들어야 하니 형식적으로라도 인사를 챙겨 왔지만, 엄마는 엄마라서 늘 나중 순서였다. 내게 주어진 직장 일, 가사, 육아를 다 한 뒤에 엄마를 챙겼다. 엄마는 내 맘, 내 상황을 다 아니까 그래도 되는 줄 알았다.

지금 생각해도 너무 후회되는 일이 있다. 신혼여행을 다녀오는 길에 친정에서 하룻밤 자고, 옷가지를 다 챙겨 오던 날이었다. 신혼집에 도착해서 옷 정리를 하느라 엄마에게 전화를 하지 못했다. 엄마 마음을 헤아리지 못했다는 말이 더 맞을 것이다. 오랜 시간이 지난 후, 엄마는 그때 내 전화를 기다렸다고 했다. 허전해서 많이 울었다고도 했다. 엄마는 품에서 떠나간 딸로부터 위로를 받고 싶었을 것이다. 엄마를 떠나온 뒤에도 바쁘다는 핑계를 대면서 자주 찾아가지 못했다. 한없이 기다리게 했고 외롭게 내버려 두었다. 내가 부모가 되어 보기 전에는 엄마의 기다림이 얼마나 사소한지, 그래서 더 애틋할 수밖에 없는지 알지 못했다.

나는 주말에 가까이 살고 있는 작은딸이 올 건지 물어보지 않는다. 하지만 늘 기다리는 마음이 된다. 딸이 오려나 싶어 반찬 한 가지라도 더 만들려고 애쓴다. 그러다 딸이 집에 들어서면서 친구랑 방금 밥을 먹고 왔다고 하면 힘이 빠진다. 기껏 만들어 놓은 반찬을 가지고 가지 않으면 더욱 섭섭하다. 나도 그랬다. 결혼 후, 엄마가 담가 주는 김치와 밑반찬을 가져오지 않은 적이 많았다. 다리가 불편해서 잘 걷지도 못하는 엄마가 자꾸 무언가를 만들어 주는 게 너무 싫었다.

말려도 자꾸 손에 들려 주는 밑반찬 보따리를 뿌리치고 택시에 오른 적이 있었다. 한참을 말없이 가다가 나이가 지긋한 택시 운전기사가 물었다.

"친정엄마를 뵙고 가는 것 같은데, 왜 그렇게 기분이 안 좋아 보입니까?"

그는 나의 대답을 듣고 나서 나직하게 말했다.

"부모가 좋아하는 일은 힘들어도 하도록 하는 게 효도하는 겁니다."

그때는 그 말에 동의하지 못했다. 독립한 딸이 내가 만들어 놓은 반찬을 안 가지고 가기 전까지는 말이다. 오랜만에 집에 들른 작은딸이 나와 수다를 떨기보다 피곤하다며 방에 들어가서 누우면 소외감을 느낀다. 내가 저녁마다 엄마한테 들러서 함께 TV를 보다가 졸면, 엄마는 빨리 집에 가서 쉬라고 말한다. 그때 엄마 마음이 어떤지 내 딸에게서 배운다. 새삼 '효도란 자식이 나한테 해 주기를 바라는 것을 나도 부모에게 하는 것이다.'라는 말이 진리임을 깨닫는다.

결혼 후 짐을 모두 가지고 갔던 그날로 다시 돌아갈 수 있다면, 딸을 떠나보낸 엄마를 몇 번이고 꼭 안아 드리고 싶다. 그날 내가 떠나온 것이 집이었는지 엄마였는지 모르겠다. 엄마는 어떤 의미에서 그 자신이 바로 내 경험의 원천이고, 내 기억을 쌓게 만든 소중한 집이었으며, 나를 이루는 정체성의 중심이었다. 그러니 누구라도 엄마가 있는 곳이 바로 돌아가고 싶은 집이고 고향이 되지 않던가. 엄마가 돌아가시고 나면 나는 돌아갈 집도 마음의 고향도 잃어버리게 될 것 같다.

너무 늦지 않아서 다행이다.

아직은 엄마에게 미안했다는 말을 전할 수 있으니 말이다.

딸이 선물한 의자

두 딸이 나에게 의자를 선물했다. 인체 공학적으로 설계되어 오래 앉아 있어도 허리가 아프지 않은 의자란다.

"엄마, 이제 집에서 책도 읽고 글도 쓰세요. 퇴직했으니, 엄마가 이 의자에 앉아서 읽고 쓰는 사람으로 살면 좋겠어요."

내가 무엇을 하고 싶어 하는지 알아주는 사람은 역시 딸이다. 이래서 딸은 엄마에게 가장 좋은 친구라고 하나 보다. 선물을 고마워하는 나에게 딸이 말했다.

"이 세상에서 엄마가 내 엄마인 것이 가장 큰 선물이에요."

몇 번을 들어도 기분 좋은 말이다.

딸들이 스스로 몸을 가눌 수 없는 아기였을 때, 장거리 여행을 가는 차 안에서 내 무릎이 아니라 혼자 앉을 수 있기를 간절히 바랐다. 걷기 시작할 무렵부터는 아침마다 울지 않고 어린이집으로 가 주기를 소망했다. 그런데 딸이 독립적인 개체가 되기까지는 그리 오래 기다리지 않아도 되었다. 큰딸은 열여섯 살 여름에 집을 떠나며 엄마라는 울타리와 교복을 스스로 벗었다.

열여섯 나이에 나는 얼마나 여고생이 되어 교복을 입을 수 있기를 바랐던가. 당시 산골짜기에 살다가 도시로 이사를 오면서 이런저런 이유로 고등학교 진학을 1년 미루어야 했다. 교복을 입을 수 없었던 내게 빳빳하게 세운 여고생들의 하얀 교복 깃이 날카롭게 느껴졌다. 학생용 차표를 내고 버스를 탈 때 운전기사 아저씨의 눈길이 내 뒤통수를 길게 따라 오는 것 같아 안으로 들어서면서 비틀거렸다. 3월에 피는 하얀 목련꽃도 보고 싶지 않아서 집 근처 편백나무 숲속에 자리 잡은 공공 도서관으로 피신했다. 그곳에서 날마다 책을 읽었다. 한창 감수성이 예민하던 시절, 내가 선택할 수 있었던 건 책 말고는 달리 없었다. 문학 작품을 읽으면서는 더 이상 여고생들의 하얀 교복 깃에 마음을 베이지 않아도 되었다. 책 속에서는 내가 바로 주인공이 될 수 있었는데, 나는 제인 에어였고, 캐서린이었고, 니나였고, 스칼렛 오하라였다. 이후로는 차표를 낼 때 부끄럽지 않았다. 구겨졌던 주름이 저절로 펴지는 느낌이 들었다. 내 인생의 가장 큰 선물은 어쩌면 고등학교 입학이 좌절되었을 때 읽었던 문학 작품이었지 싶다.

꿈은 유전되는 것일까? 큰딸이 대학에서 내가 선망하던 문학을 전공으로 선택했다. 이제 딸은 내가 쓴 글에 간간이 비평도 해 준다. 가장 힘들었을 때 가까이했던 문학은 나에게 읽는 사람, 쓰는 사람으로 살라는 딸들의 바람을 업고, 명품 의자가 되어 돌아왔다. 무엇이든 시작할 수 있는 용기가 생긴다. 두 딸의 격려와 응원은 인형극 무대 위의 인형을 잡아당기는 줄처럼 내 양어깨를 팽팽하게 끌어당긴다. 허리를 곧추세우고 꼿꼿이 앉아 있을 수 있도록 지지대가 되어 준다.

희뿌연 의자를 바라보다가, 문득 저렇게 짧고 가는 다리로도 내 몸무게를 지탱할 수 있는 원리가 무엇인지 궁금해진다. 작은 딸이 얼른 스마트폰을 켜서 AI에 질문하고 답을 알려 준다.

중심 봉과 베이스, 공압 실린더, 재료의 강도, 다리의 구조와 관련된 설명이 이어진다. 나는 특히 '다리의 구조'에 마음이 끌린다. 사실 의자 다리는 매우 짧다. 다리가 짧아도 여러 개의 지지점에 무게가 고르게 분산되어 안정적으로 서 있을 수 있단다. 딸이 연이어서 말한다. "엄마 삶도 의자처럼 잘 균형 잡힌 건강하고 여유 있는 삶이었으면 좋겠어요."

'나는 엄마에게 어떤 의자일까?' 무연히 나 자신에게 질문해 본다.

엄마가 언제라도 몸과 마음을 편히 내려놓고 쉴 수 있는 편안한 의자가 되고 싶다. 의자는 무엇보다도 자신이 비어 있어야 한다. 그래야 누군가 앉았을 때 쉼을 누릴 수 있을 테니 말이다. 엄마에게 편한 의자가 되려면, 나 자신이 너무 바쁘지도 채워져 있지도 않고 좀 비어 있어야 한다. 딸의 말이 맞다. 이제부터 나

자신이 건강하고 여유 있는 균형 잡힌 삶을 살아가는 것이 중요
할 뿐이다.

또 딸에게서 배웠다.

5

나 자신과도 이별하고

좋은 사람으로 사느라 수고했다

몇 해 전, 스승의 날에 대통령 표창으로 훈장을 받았다. 동료 교사나 친구들이 많은 축하를 보내 주었다. 훈장은 오랫동안 교직 생활을 해 와서 받는 의례적인 것이라 그리 대단한 일은 아니었다. 그러나 이 세상에 단 한 사람, 엄마의 반응은 달랐다. 엄마는 "축하한다."라는 말은 하지 않았다. 대신 이렇게 말했다.

"그동안 좋은 사람으로 사느라 수고했다."

잠시 멍해졌다. 할 말을 찾지 못한 채 목이 메어 왔다. 엄마는 그동안 내가 말하지 않아도 뼛속까지 꿰뚫어 보고 있었나 보다. 콧등이 시큰하다. 내가 엄마 앞에서 아무렇지 않은 척해도 엄마만큼은 나의 힘듦을 알고 있었다는 생각이 들었다.

사실 나는 남들이 보기에는 매우 외향적인 사람이지만, 내면적으로는 매우 소심하고 남에게 안 좋은 소리를 들으면 마음의 상처를 크게 받는 사람이다. 그러니 항상 남이 나를 어떻게 생각할지에 대해 염려하며 나의 언행을 미리 조심하고 걱정하는 사람으로 살았다. '엄마에게 자식 잘못 키운 사람으로 손가락질받게 하면 안 된다'라는 게 내 삶의 중요한 내재적 규율로 작용해 왔지 싶다. 나의 이러한 성향은 단점이기도 하지만 인간관계에서 장점이 되기도 했다. 소심함은 사람을 대하는 세심함으로 비치기도 하고, 주춤거림은 간혹 함께 가는 사람들에 대한 배려로 여겨지기도 했을 것이다. 세상 사람이 다 몰라도 엄마만은 내가 얼마나 눈앞의 발걸음을 조심하면서 한 발 한 발 내디디며 살고 있는지 알고 있었던 것 같다.

스승의 날을 며칠 앞둔 주말 아침이었다. 엄마가 팥이 든 찹쌀밥을 가득해 놓았다. 또 불편한 몸을 억지로 추슬러서 의자에 앉아 부추전까지 굽고 있었다. 내가 생일도 아닌데 웬 찹쌀밥이냐고 짐짓 물으니, "너의 마지막 스승의 날을 축하해 주고 싶어서."라고 했다. 얼마 전에 정년퇴직을 1년 앞당겨서 올해 퇴직하겠다고 말했었는데, 엄마는 이번이 나의 마지막 스승의 날이라고 생각한 것 같다. 평소 새벽에 일어나서 출근 준비를 하지만 시간에 쫓겨서 뛰어다니다시피 하니 아침밥을 든든하게 챙겨 먹는 일은 거의 없었다.

보통 축하나 기념하고 싶을 때 사는 케이크보다 엄마에게는 밥이 더 긴요한 것임을 나는 알고 있다. 엄마는 평소에도 인사가 아니라 진심으로 '밥을 먹었는지' 궁금해한다. 평생 자식 입에 밥을 넣을 수 있느냐 없느냐가 중대한 과업이었을 테다. 우리 형제들에게는 엄마가 차려 준 밥을 먹는 것이 오늘보다 내일 더 좋은 사람으로 자라야 한다는 명제를 몸에 새기는 일이었다.

엄마가 스승의 날에 해 준 밥의 의미를 알기에, 찰지고 팥이 그득한 밥을 한 그릇 수북이 퍼서 부추전과 함께 먹었다. 엄마가 준비한 부추전은 간식이 아니라 반찬이다. 부추와 깻잎, 호박이나 고추를 썰어 넣고 된장으로 간을 한 장떡이다. 짭조름한 찰밥과 함께 먹으면 잘 어울리는 맛이다. 내가 어릴 때 생일날마다 구워 주던 바로 그 맛이다.

새내기 교사 시절, 며칠 동안 학교에 나오지 않는 아이의 집을 찾아갔던 적이 있다. 미로같이 꼬불꼬불한 골목을 지나 마주한 아이에게 내가 맨 처음으로 한 질문도 "밥은 먹었나?"였다. 먼지 쌓인 밥솥을 열어 보니, 안에 곰팡이가 시커멓게 덮여 있었다. 나도 모르게 부엌 바닥에 주저앉아 아이를 붙잡고 울었던 기억이 난다. 입으로 들어가는 밥은 때로는 배고픔을 달래는 일보다 삶의 허기를 채우는 일일 때가 많다. 그 아이의 삶이 너무 헛헛하게 느껴져서 눈물이 났다. 그해 여름 방학 첫날, 사십 명도 넘는 우리 반 아이들을 모두 집으로 초대했다. 좁은 아파트에 아이들이 넘쳐 났다. 나는 밤새도록 잠도 자지 않고 옆집에 사는 아주머니 손까지 빌려서 김밥과 만두 튀김, 잡채를 가득 만들었다. 모두 둘러앉아 함께 밥을 먹으면서 그 아이의 허기를 달래 주고 싶었다.

나는 담임 교사로서 자주 아이들과 함께 음식을 먹었다. 봄에는 교실에서 진달래 화전을 구워 먹고, 여름에는 학교 화단 나무 사이에 상추와 깻잎을 길러 삼겹살 파티를 하기도 했다. 가을에는 직접 키운 배추로 김치를 만들어 군고구마와 함께 먹었다. 크리스마스엔 어묵 파티도 했다. 삶이 '파티'일 리가 없으니 그저 학창 시절 즐거운 기억 한 자락이라도 만들어 주고 싶었다. 일 년 살이를 잘 기록했다가 학년 말에 아이들과 문집을 만들어서 헤어질 때 선물로 주었다. 내가 그나마 아이들에게 함께하는 즐거움과 좋은 기억을 만들어 주고 싶은 선생으로 살았다면, 그 또한 엄마에게서 받은 밥을 소중히 여기는 DNA의 공로이다.

때로 가난과 슬픔이 삶을 버티게 하는 응원이 된다. 무엇이든 무너지지 않으려면 버티는 힘이 있어야 한다. 건축에 있어서도 그렇다고 한다. 건축물을 지을 때는 먼저 외부에서 오는 바람이나 하중, 진동 같은 외력을 계산해야 한다. 그래서 그보다 더 큰 내력을 가지도록 설계해야 외부 충격에 무너지지 않는다고 한다. 건물을 무너지지 않게 하려면 외부의 힘보다 안에서 미는 내력이 더 커야 함은 당연할 것이다. 내가 외향적인 사람인지 내향적인 사람인지는 그다지 중요하지 않다. 누군가 내 삶을 지탱해 준 내력이 무엇인지 묻는다면 나는 서슴지 않고 엄마의 슬픔과 노고, 그리고 가난이라고 말하고 싶다. 내 삶의 고비에서 만난 어떤 고난도 엄마만 생각하면 나는 버텨 낼 수 있었다.

외력으로부터 버틸 수 있는 내력을 키워 준 엄마가 스승의 날을 축하하며 밥을 해 주었다. 애쓰고 버티고 견뎌 온 나를 안쓰럽게 여기고 바라봐 주는 엄마 마음, 이것이 내게 더 값진 상이다. 엄마가 기념하고 싶어 하는 스승의 날, 나도 덩달아 애써 의미를 부여하며 묵묵히 밥을 퍼먹었다. 그날 아침만큼은 건강을 위해 탄수화물을 적게 먹고 싱겁게 먹어야 한다든가 하는 평소의 내 신념은 사라져 버렸다. 대신 엄마 앞에서 밥을 푹푹 퍼서 잘 먹던 어린 시절의 나로 돌아가 있었다.

이제 더 이상 좋은 사람으로 사느라 애쓰지 않아도 되니, 좋은 사람으로 사느라 애쓰던 나 자신과도 이별이다.

이별로부터 독립하기 위한 퇴직

내 삶의 동의어는 문득 찾아오는 죽음과의 조우였다. 그것은 운명이라서 피할 수 없었고 나는 늘 공손했다. 사람들은 사는 동안 몇 번의 임종을 마주할까?

고등학교 3학년, 새 학기가 시작된 지 며칠 지나지 않은 이른 새벽에 엄마의 울음 섞인 목소리를 듣고 잠에서 깨어났다. 오싹하게 추운 한기가 방 안에 내려앉아 있었고 나는 아무 준비 없이 아버지의 임종을 마주했다. 오랜 시간 자리에 누워 있었지만, 그 시간이 계속될 줄 알았던 나는 아버지 죽음에 대한 준비가 없었다. 준비 없이 맞이한 이별은 그 후로도 계속 이어졌다. 마흔 끝자락에서 만난 오빠의 임종, 쉰이 되면서 만난 시어머니의 임종, 예순에 만난 언니의 임종은 무슨 이유였는지 모두 나 홀로 지키게 되었다. 피하고 싶은 그 마지막 순간을 홀로 지키게 된 운명 앞에서 '꼭 나여야 했을까?'라는 질문을 수도 없이 반복했다.

나를 거쳐 간 죽음은 왜 그토록 힘들었는지 모르겠다. 그들과 함께 한 모든 기억과 시간이 흐르지 못하고 유독 나에게로 와서 쌓이는 듯했다. 최근 취향을 공유하고 늘 동일시해 왔던 선배 교사의 퇴직 직후의 죽음, 또 30년 넘게 친자매처럼 지내던 선배와 후배 남편의 죽음까지 맞닥뜨리고 보니 내 앞도 뒤도 모두 죽음이 가로놓여 있었다. 인생에서 아무것도 분리해 내지 못하는 내게, 갑자기 찾아온 가까운 사람들의 죽음은 슬픔을 넘어서는 것이었다. 간혹 내가 뭔가를 잘못해서 벌을 받고 있다는 생각마저 들면서 자주 물에 젖은 솜처럼 가라앉았다.

사실 나는 사람뿐만 아니라 자잘한 물건 하나도 쉽게 버리지 못하는 사람이다. 내 성장을 담은 물건은 물론이고 딸들에 관한 사소한 기억조차 버리지 못한 채로 끌어안고 산다. 식탁 위에 있는 노란색 별 모양 양초는 지난 연말에 딸이 사 온 케이크에 꽂혔던 것이고, 말라 버린 꽃은 아이들 큰아버지가 딸에게 선물했던 것이라서 버리지 못했다. 정사각형 작은 이불은 딸이 갓난아기 때부터 우유를 먹을 때 손가락에 도르르 감고 먹던 끈이 달려 있어서 버릴 수 없다. 보행기를 탈 때 처음으로 신었던 신발이나 돌 때 입은 시어머니가 만들어 준 한복도 보관하고 있다. 아이들의 성장 과정이 오롯이 축적된 공간은 더욱 떠나지 못해 집조차 나이 들어 버렸다.

거실 바닥에 주저앉아 찬찬히 집을 둘러보니, 자잘한 사물과 그 사물을 둘러싼 기억들이 벌 떼처럼 달려든다. 이미 떠난 사람들에 대한 기억과 아직 이별하지 못한 것들을 안고 사느라 늘 숨쉬기가 버거웠다. 얼마 전 교원 힐링 센터에서 무심코 받은 심리 검사 결과, 나는 우울증과 자살 충동이 있다는 진단을 받았다. 노련한 상담사는 우울증 치료를 위해 15회의 상담을 권했다. 내가 맞닥뜨렸던 모든 죽음이 외상 후 스트레스 장애로 작용하고 있다고 조용히 말했다. 아닌 게 아니라, 나는 최근 언니의 죽음을 날마다 복기하고 있었다. 과거의 내가 어떤 다른 결정을 했다면 언니를 살릴 수 있었을까를 질문하고, 언니가 죽은 그 새벽에 놓친 것은 무엇이었는지 자책했다. 영화 필름을 되감듯 지나간 시간을 떠올리며 날마다 슬퍼하고 있었지만, 누구에게도 마음 상태를 설명하지 못했다. 할 수 있는 일이 아무것도 없어서 자주 무기력해졌고 자신에게 화가 났다.

상담을 받을까 고민하다가, 정년을 1년 앞당겨 퇴직하기로 결심했다. 삼십 년 넘게 성실한 인간으로 살았던 직장에서 퇴장하기로 마음먹은 것이다. 이는 주어진 운명에 떠밀리지 않고 온전히 스스로 선택해 보려는 결심이었다. 일상이 달라지면 나를 둘러싼 이별에 대한 슬픔으로부터 독립할 수 있으리라 여겼다. 그리고 내 마음 상태를 써 보기로 했다. 글을 쓰면서 이런 생각을 하게 되었다.

'나는 인생에서 가장 소중한 사람들에게 마지막 인사를 할 기회를 부여받은 것이다. 나 스스로 보지 않으면 믿을 수 없을 만큼 이별에 취약한 인간이었으므로 신이 내게 준 배려였고, 나는 임종을 지키는 문지기 역할을 성실하고 착실하게 잘 수행했다.'

나 홀로 임종을 지킨 건 '벌'이 아니라 '작별 인사를 할 기회'였다고 생각하게 된 건 글쓰기가 가져다준 깨우침이었다.

또 하나 이별해야 할 것은, 내 유년의 기억이다. 나는 최근의 기억보다 어린 시절을 더욱 잘 기억한다. 인간의 기억은 흩어져 있기 마련인데, 나는 잘 정돈된 앨범 속 사진처럼 어린 시절을 가지런하고 순차적으로 기억하고 있다. 이는 엄마에 대한 애틋함과 가난이라는 결핍을 감싸느라 강박에 가까우리만치 반복적으로 기억을 보정해 왔을 가능성이 크다. 글로 쓰고 나면 꼭 기억해야 한다는 강박에서도 다소 벗어날 수 있을 것이다. 이제 스쳐 지나간 것들을 소중하게 기념하고 떠나보낼 때가 온 것 같다.

나를 섣불리 위로하지도 않을 것이다. 그동안 무거운 가족의 무게는 내 삶을 단단히 붙들어 매어 준 중력이라고 생각했다. 등에 짊어진 짐이 무거울수록 강을 건널 때 쉽게 휩쓸리지 않을 것이니 오히려 무거운 짐도 괜찮다고 여겼는지도 모른다. 이런 무조건적인 다독임보다 먼저 내 마음을 솔직히 설명하고 드러내는 연습이 필요하다. 결국 어린 나를 집에 혼자 떼어 놓은 엄마의 불안이, 내가 딸을 떼어 놓기 힘든 불안으로 이어졌다고 해도 어쩌겠는가. 불안은 인간이 거센 외부 환경으로부터 살아남기 위해 태곳적부터 DNA에 저장해 온 것이라는 학자의 견해를 수긍해야 한다. 어쩌면 엄마의 자궁 속에서 분리되던 그 순간부터 나의 '분리'에 대한 불안은 자라고 있었을 터이니, 불안을 걱정하기보다는 오히려 당연한 것으로 받아들이려고 한다.

이국환 교수는 저서 『오전을 사는 이에게 오후도 미래다』에서 '인간은 익숙한 것과 결별하지 않고서는 한 걸음도 나아갈 수 없다.'라고 말한다. 등에 짐을 지고 사막을 가로지르는 낙타가 아니라, 즐거운 놀이를 처음으로 하는 어린아이가 되라고 하는 니체의 조언대로 나는 익숙하지 않은 길에서 아이처럼 걷고 싶다.

이런 생각을 하다 보니 엄마가 명령하는 목소리가 들리는 것 같다.

"이제 언니, 오빠를 떠나보낸 슬픔도,
어린 시절 가난도 기억하려고 너무 애쓰지 마라.
나는 불행했지만, 너는 행복해라.
최선을 다해서 행복해지려고 노력해라.
그게 바로 나의 소원이다."

결국, 버리기 위해 모아 온 시간

　나는 요즘 버리고 있다. 매일 버리고 버려도 또 버릴 것이 있다. 양이 절대적으로 많아서라기보다 버릴 마음의 준비를 마치지 못해서 생긴 일이다. 어차피 버려야 한다는 건 알고 있지만, 차마 한꺼번에 버리지는 못한다. 그래서 그동안 애지중지 모아 온 자료나 책 등을 양팔 저울에 올려놓고 심판관처럼 저울질한다. 버리는 기준은 간단하다. '앞으로 한 번 더 보고 싶은 것인가, 아닌가?'이다. 제일 먼저 수업과 관련된 책이나 자료는 버릴 것을 모으는 왼쪽 상자 안으로 던져 넣는다.

　간혹 거기 있었는지 몰랐는데 용케도 남아 있어서 고마운 것도 있다. 담임을 맡았던 아이들의 졸업 앨범, 함께 만들었던 문집, 사물함 안 깊은 곳에 있던 아이들의 편지 같은 것들이다. 편지는 다시 한번 읽어 보다가 아이들 얼굴이 떠오르면 한참을 생각에 잠긴다. 결국 그런 것들은 차마 버리지 못한다. 이때까지 잊고 살았으니, 앞으로 다시 보지 않아도 그만이다. 하지만 그것들에 깃든 기억이 살아나서 또 보관할 물품을 모으는 오른쪽 상자 안으로 슬그머니 밀어 넣는다. 오른쪽 상자의 부피가 점점 커지자, 어쩔 수 없이 아이들 편지나 사진들은 스캔한 후 파쇄기 버튼을 누른다. 어차피 언젠가는 버려야 할 것들이지만 마음이 쉽게 허락되지 않아서 결국 컴퓨터에 클라우드 기반 드라이브를 만들고 파일로 보관하고 나니 안심이 된다.

다음으로는 노트북의 자료들을 모두 버린다. 먼저 바탕화면에서 '수업 시간 알림이' 프로그램을 지웠다. 지난 15년 동안 모아 오던 공개 수업 영상이나 온갖 강의 자료, 연수 자료 파일을 지우면서는 묘한 쾌감이 들었다. 그때는 중요했는데 지금은 중요하지 않은 이유는 무엇일까? 시간이 지나도 지우고 싶지 않은 것은 무엇인지 스스로에게 질문해 본다. 결국 나는 버리기 위해서 그토록 애쓰면서 모아 왔던 것일까? 왼쪽의 버리는 상자가 차오를수록 나의 지난 시간이 점차 지워져 갔다. 식탁 위의 시든 꽃들을 버릴 때처럼 시원함과 아쉬움이 번갈아 교차한다.

버리고 버리다가 그 무상함에 멍해지기를 반복한다. 버린다는 행위는 단순히 물건을 폐기하는 이상의 의미를 지닌다. 나는 오래된 물건을 버리면서 과거의 기억과 감정도 정리했다. 최근 12년간은 수석 교사로서 교사들을 지원해 준다는 명분은 있었지만, 선생님들과 소통하려고 애쓰느라 쉽지 않은 시간을 보냈다. 그동안 중요하게 생각했던 것을 버리면서 내 마음을 힘들게 했던 사회적 관계도 정리했다. 사람과의 관계가 멀어질까 노심초사하며 살았지만, 관계야말로 물건보다 더 덧없다. 불필요한 인간관계를 떠나는 것은 아쉬움이 아니라, 정신 건강과 행복을 위해 꼭 필요한 일일 것이다.

마지막으로 4년 동안 신었던 슬리퍼를 학교 분리수거장에 고이 버렸다. 지금의 학교로 전근해 올 때 작은딸이 "실내 슬리퍼는 엄마가 하루 중 가장 많이 신는 신발이니 좋은 걸 신어야 해요."라며 사 준 것이었다. 아직 신을 만했다. 그런데 왠지 그것을 집으로 가져오면 학교에서의 업무가 연장되거나 힘들었던 기억도 따라올 것 같았다. 나는 신발을 버린 후 뛰듯이 뒤돌아 와 자동차 문을 닫았다. 학교를 나오며 생각해 보니, 아직 버리지 못한 게 하나 있었다.

오래전에 아이들과 함께 우리 학급 소개 영상을 만들어 YMCA에서 상을 받은 적이 있었는데, 상금으로 교정에 나무 한 그루를 심었다. 나무 둥치에 우리 반 모두의 이름을 새겨 넣은 이름표도 달고, 나무 밑에는 아이들 꿈을 담은 꿈단지도 묻었다. 그 나무를 심은 해로부터 20년 뒤에 만나기로 했으니 아직 5년이 남았다. 모든 것을 버려서 홀가분하지만, 앞으로 5년 동안은 여전히 교사일 수 있어서 다행이라는 생각도 머릿속을 비집고 들어왔다. 그렇게 모두 버리고 싶었지만, 여전히 버리지 못한 한 가닥 기억을 잡고 안도하는 속마음이 나도 헷갈린다.

돌아와서 제일 먼저 엄마에게 큰절을 올렸다.

"엄마, 저 엄마 덕분에 잘 자라서 34년 동안 선생으로 살다가, 오늘 마지막으로 퇴근했습니다. 절 받으세요." 엄마는 자신이 퇴직한 것처럼 아쉬워하며 눈물을 흘렸고, 나도 이유를 알 수 없는 눈물이 핑 돌았다. 방바닥에 깊숙이 숙였던 머리를 들면서 이런 생각이 들었다. '계속 달리는 것만이 성장일까? 달리다가 멈추는 것도 스스로 선택한 것이니 이 또한 성장일 것이다.'

결국 버릴 것들을 위해서 모아 온 모든 시간과 이별했다. 처음 출발선으로 되돌아온 느낌이 들지만, 거울 앞의 여인은 고요히 늙어 있다. 나는 어떤 시간을 엄숙히 통과해 왔고 딱 그만큼 딸들이 자랐다. 그러니 낭비가 아니라 변화다. 세상에서 가장 큰 꽃다발을 들고 나의 마지막 퇴근길을 마중 나온 작은딸과 인생네컷 사진을 찍었다. 어깨를 뒤로 젖힌 채 목에도 힘을 주었다. 나는 어쩔 수 없는 나라서 모든 것을 버리고 돌아온 오늘마저 또 기록해 둔다.

이 시간도 나의 화양연화다. 화집을 펼쳐 박수근 화백의 그림 「나무와 두 여인」 속 나무를 들여다본다. 잎사귀를 다 떨구고 나뭇가지 끝까지 힘을 주고 꼿꼿이 서 있는 나무는 고목이 아니라, 봄을 기다리는 나목이다. 나도 다 버리고 가벼워진 이후에야 새로운 희망을 품어 본다.

신이 나를 시험했다

나는 '마마걸'인 걸까? 엄마 일이라면 합리성을 따지지 않는다. 효녀라서가 아니라, 엄마 일이 우선이 되어야 마음이 편해서 그렇게 한다.

엄마가 며칠 전부터 기침이 심해지면서 열이 높다. 낮에도 계속 자기만 하고 입맛이 쓰다고 한다. 평소 다니던 내과에서 감기약을 처방받아 왔지만, 차도가 없다. 최근 컨디션이 좋아 엄마 스스로 식사도 챙기고 화장실도 다녔다. 내가 그 상황을 당연하게 여기고 있었다는 생각에 자신을 꾸짖는 마음이 된다.

여러 날 식사를 하지 못해 축 늘어져 있는 엄마를 보니 안쓰럽다. 서둘러 다시 병원을 찾았다. 오전 11시부터 링거를 맞으면서 여러 검사에 응했다. X-ray 사진을 찍고, 혈액검사를 하고, 의사의 요청으로 다시 CT 사진을 찍었다. 엄마 거동이 불편하니 검사를 받는 일도 고되다. 몸이 힘든 것보다 마음이 바쁘니, 의료진들의 처치가 더욱 느리게 느껴졌다.

병원에는 시간을 넉넉하게 잡고 가서 느긋하게 기다려야 한다는 걸 알지만, 하필이면 그날 오후에 면접 심사가 계획되어 있었다. 내가 오랫동안 꿈꿔 오던 책의 저자가 될 기회가 퇴직과 동시에 찾아왔다. 그동안 모아 놓은 글을 한 문화 재단이 실시하는 프로젝트에 공모한 결과, 최종 심사에 올랐다는 연락을 받았다. 선정되기 위해서는 관문을 하나 더 거쳐야 하는데, 그것이 바로 오후 4시에 있을 최종 면접이다. 이 면접에 불참하면 출판 기회는 날아가 버릴 게 뻔하다. 연신 시계를 보며 초조해하는 나에게 의사가 폐렴 진단을 내렸다. 하루 종일 불안에 떨던 내 예감은 틀리지 않았다. 노인들이 폐렴에 걸리면 며칠 넘기지 못하고 죽을 수도 있다는 말이 떠올라서 나는 허둥거리기 시작했다.

게다가 입원을 위한 코로나 검사까지 마친 상황에서 의사가 큰 병원으로 옮겨 가란다. 환자가 워낙 고령에다 심장도 안 좋아서 위험하단다. '오늘 인생에서 정말 중요한 일이 있으니, 진료를 좀 빨리해 달라'고 몇 번이나 간청했었지만, 종일 기다려 얻은 답은 머릿속에서 도로 튕겨 나갔다. 태연히 말하는 의사가 결과적으로 치료를 거부하는 것처럼 보였지만 미처 따져 묻지 못했다.

엄마를 그 병원에 입원시켜 놓고 면접 장소로 달려가기만 하면 될 거라는 계산은 철저히 어긋났다. 면접 시간은 임박해 오고 있는데, 엄마는 기진맥진해 있는 상태다.

어찌 되었든 진료 의뢰서만 거머쥐고 큰 병원으로 뛰어가려는 내 마음속 시계는 오작동을 일으킨 것처럼 또 버벅거렸다. 이 병원에서 검사한 결과지나 영상 촬영한 CD를 가지고 가야 하는데, 그걸 만드는 데 또 몇십 분이 걸린다. 오늘 하루 몇 번이나 시계를 보며 마음 졸였던가. 누구를 향한 것인지 알 수 없는 분노가 아쉬움과 뒤섞여 눈물로 터져 나왔다.

그때 문득 '신이 나를 시험하고 있구나'라는 생각이 들었다.

신이 내게 묻고 있었다.

'너에게 엄마가 중요해? 아니면 네 일이 더 중요해?'

나는 조급한 마음에 어떤 결정도 못 내리고 계속 망설이기만 했다. 물론 가까운 지인들에게 도움을 요청할 수 있지만, 엄마 상태가 걱정되어 선뜻 전화를 걸지 못했다. 그동안 합리적인 사람이라고 자부해 왔지만, 엄마에 관한 일이라면 경직되어 유연한 사고를 할 수가 없다.

영상 자료 CD가 만들어지는 동안 딸들에게 오늘 내내 병원에서 있었던 일을 문자 메시지로 알렸다. 그리고 "엄마는 오늘 면접을 포기해야 할 것 같아. 할머니가 아파서 지금 꼼짝달싹할 수가 없어."라고 써 보냈다.

두 딸이 놀라서 말했다.

"엄마, 왜 엄마가 가장 힘들고 급할 때, 아빠한테 도움을 요청하지 않으세요?"

내가 말했다.

"나는 외할머니 일을 아빠와 의논해 본 적이 없어. 그래서 아빠에게 말할 수가 없다."

큰딸이 응답했다.

"엄마가 아빠의 도움을 못 받아 그토록 원하던 기회를 날려 버린다면, 나는 아빠가 엄청 미울 것 같아요."

사회복지학과 심리학을 공부한 작은딸이 말했다.

"엄마, 아빠에게도 외할머니를 위해 뭔가를 할 수 있는 기회를 주세요."

두 딸의 말에 머리를 얻어맞은 것 같다. 언제부터인가 엄마와 관련한 일이라면 나 혼자서 다 해야 한다는 생각에 사로잡혀 있었다. 남편에게 전화를 걸었다. 면접 시간은 길어야 20분을 넘지 않을 것이다. 그동안 남편이 차 안에서 엄마와 함께 있어 준다면 그 이후에 엄마 입원이 가능할 것이다. 그렇다면 나는 엄마의 입원도, 내 꿈도 포기하지 않아도 된다.

남편이 한걸음에 달려왔고, 우리는 엄마를 뒷좌석에 태운 채 면접장으로 향했다. 가끔은 자기 혼자서 뭐든 다 감당할 수 있다고 생각하는 오만에서 벗어나야 한다.

신의 질문은 '너에게 엄마가 중요해? 아니면 네 일이 더 중요해?'가 아니었다.

'뭐든 너 혼자 할 수 있다는 생각은 오만이며, 힘들 땐 주변에 손을 내밀어 보라'는 쉽고도 어려운 가르침이었다.

사랑의 순환과 촌수

엄마가 병원에 입원했다. 나는 24시간 간병인으로 엄마와 함께 병원 생활을 시작했다. 얽매이지 않는 삶을 위해 퇴직한 지 일주일만이다. 살면서 선택할 수 없는 일이 바로 이런 일이다. 지인 중에 많은 이들이 퇴직 후 부모 병간호를 하거나 손주를 돌보는, 둘 중 하나의 역할을 새로이 부여받았다.

어쩔 수 없는 일이다. 오히려 내가 엄마를 간병할 수 있는 여건이 되어서 다행이다. 병원에서 지내면서 가장 힘든 일 중 하나는 쉽사리 익숙해지지 않는 냄새이다. 더운 날씨에 창문을 열고 환기를 시키는 일이 어려우니 온갖 냄새가 가두어져 있다. 스스로는 예민한 사람이 아니라고 생각했는데, 엄마를 돌보는 일보나 자신이 잘 먹지도 자지도 못하는 상황이 더 크게 다가왔다.

밤에 엄마를 휠체어에 앉힌 후 화장실에 가서 변기에 내려앉게 하는 일보다 신장 기능 검사를 위해 생리적인 배출물을 냉장고에 모으는 일이 더 어렵다. 나는 하루에도 몇 번씩 프로젝트

수업을 설계하는 것처럼, 소변을 한 방울도 흘리지 않기 위해 단계마다 예민하게 반응했다. 깊이 잠든 옆 환자를 깨우지 않으려고 침대 위에서 해결하다가 옷과 시트를 다 적셔 버렸을 때는 엄마를 껴안고 진흙 위를 구르는 것 같았다. 누군가를 돌본다는 행위가 마치 고전 속 각주처럼 구체적으로 느껴졌다.

고민 끝에 밤에는 화장실에 가지 않고 볼일을 보는 방법을 터득하기에 이르렀다.

'더 나은 방법은 없을까?' 항상 문제가 생기면 이렇게 질문하라고 학생들에게 가르쳐 왔는데, 어쩌면 엄마를 위해서는 처음으로 문제 해결력을 발휘해 본 순간이었지 싶다. 엄마의 다리는 연탄집게처럼 바깥으로 굽어져 있으니, 굳이 앉지 않고 서서도 문제는 해결될 수 있는 것이었다.

병원 입원실의 밤은 일찍 찾아온다. 저녁 식사 시간이 일러서인지 병실의 환자들은 대개 저녁 9시에는 잠자리에 든다. 그런데 엄마는 좀 있다가 자겠다고 우긴다. 이유를 물었더니 "내가 늦게 자야 네가 새벽에 1시간이라도 더 늦게까지 잘 수 있잖아."라고 한다. 내가 자다가 몇 번씩 일어나는 게 안쓰러웠나 보다. 그러고 보니 요 며칠은 물도 잘 안 마시고 식사량도 줄었는데, 나를 덜 힘들게 하려고 본인이 조절했던 듯하다. 엄마가 나를 깨우는 게 미안하지 않도록 정작 나는 새벽 2시경에는 알람이 없어도 일어나 있었던 터였다. 엄마는 나를 걱정하고, 나는 엄마를 걱정하고 있었으며, 내 딸 또한 나를 걱정하고 있었다. 월급쟁이인 딸은 큰돈을 송금해 주었다. "제발 엄마는 집에 가서 자고 간병인을 고용하세요." 하고 당부한다. 물가 비싼 나라에 사는 딸이 간병비를 보내는 게 쉽지 않을 거라는 생각을 하니 울컥한다.

엄마는 나에게 용변을 처리할 때 일회용 비닐장갑을 끼라고 종용한다. 내가 딸에게 대소변을 받아 내도록 할 상황이 되면 나도 당연히 이런 마음이 들 것 같다. 그런데 엄마 바로 앞에서 비닐장갑을 끼는 것이 아직은 익숙하지 않다. 딸이 어릴 적 심한 변비로 고생한 적이 있었는데, 우리 부부는 딸이 어렵게 변을 보면 무슨 큰 성공이라도 거둔 것처럼 손뼉을 치면서 좋아했다. 엄마도 나 어릴 적에 그랬을 것이다. 내가 비닐장갑을 끼면 혹시라도 엄마와 나를 철저히 분리하는 모습으로 보일까 봐 소심하게도 그것이 걱정되는 건 어쩌랴.

모든 자식은 태어나서부터 부모에게 전적으로 '의존하는 존재'이다. 부모는 자신이 아니면 살아갈 수 없는 미숙한 존재를 돌보면서 자연스레 책임감 이상의 정서적인 애착 관계를 만들었지 싶다. 사람뿐만 아니라 어떤 개체든 탄생 후 의존도가 높을수록 더욱 자식을 보호하고 사랑한다. 어린 자식은 부모로부터 사랑과 지지를 받아먹으며 자라고, 부모는 늙으면 자식의 도움이 필요하고 또 받아들여야 한다. 그런데 이 의존성의 주고받음이 평평한 것은 아닌 것 같다. 엄마가 언젠가 '자식은 손이 아프다.'라고 했던 말이 생각난다. 자식이 부모에게 받는 것을 다소 당연시하는 것과 달리, 부모는 자식에게 뭔가 요구하기를 꺼린다. 아니, 아낀다. 이것은 사랑의 크기 차이일까, 아니면 온도 차이일까?

　어느 날 아침, 여자 화장실 앞에서 사람들이 들어가지 못하고 주저주저하고 있었다. 화장실 안을 살펴보니, 아내인 듯한 환자를 휠체어에 태운 중년 남성이 아내의 배변을 돕느라 여성 화장실 안에 있는 것이었다. 병실 안에 화장실이 없는 이 병원의 특성상 어쩔 수 없는 일일 테지만, 사람들이 평생 살아온 습관 때문인지 남성이 있는 여자 화장실 안으로 선뜻 들어오지 못하는 듯했다. 나는 보란 듯이 쑥 들어갔다. 안에서 언뜻 들으니, 아내의 요구 사항이 매우 구체적이다. 이렇게 해 달라, 저렇게 해 달라. 당당하기까지 했다. 아! 그래서 부부구나. 나도 남편이라면 저렇게 요구할 것 같다. 옛말에 '악처가 열 효자보다 낫다.'라는 속담이 떠올라 혼자 웃음 짓는다. 자식은 아무리 잘해도 마음이 편치 않다고 하는데, 그게 더 사랑하는 사람이 가질 수밖에 없는 마음일 것이다.

　그러니 엄마도 간병인이 내가 아니라 아버지였다면, 어떤 요청을 더 했을까? 집에서 나의 병원 생활을 걱정하고 있을 남편 얼굴도 괜스레 떠오른다. 친족 사이의 멀고 가까운 정도를 나타내는 촌수가 부모와 자식은 1촌이고, 부부는 0촌이다. 1촌은 부모와 자식으로서 피를 나눈 관계이므로 저절로 가지게 되는 결 괏값이다. 이에 비해 부부는 가장 가깝지만 헤어지면 남이 되기 도 하니, 무엇보다 우선하는 0순위임과 동시에 아무 관계가 아닐 수도 있게 된다. 그러니 부부는 애써 가꾸어야 하는 관계이다. 나는 간병 생활을 하면서 그 뻔한 가족관계에서 촌수의 의미를 새롭게 깨달아 가고 있었다.

직립보행, 삶의 끝에서 만나는 성적표

삶의 마지막 목적지는 어디일까? 그럴듯한 병원 1인실에서 죽는 것일까, 아니면 집에서 가족의 손을 잡고 편안한 죽음에 이르는 것일까? 어찌 되었든 결국 잘 죽기 위해서 지금 이렇게 애쓰면서 살아가고 있는 것인지도 모른다.

병실의 아침은 일찍부터 분주하다. 담당 의사가 외래 환자 진료를 시작하기 전 입원 환자를 돌아보니, 입원실은 담당 의사가 들어오는 시간에 모든 것이 맞춰져 있다. 그 전에 혈압, 혈당, 혈액검사, 문진, 몸무게, 아침 식사, 약 복용, 병실 정리까지 미리 마쳐야 한다. 하루의 모든 시간은 의사를 만나는 이 몇 분의 순간을 위해 존재하는 것 같다. 정작 그렇게 기다리던 의사 선생님은 바람처럼 빠르게 걸어와서 필요한 말을 전달하면 바로 돌아서서 나간다. 간호사들도 바쁘긴 매한가지다. 언제나 뛰다시피 빨리 걷는다. 병원 복도에서 천천히 걷는 의사나 간호사를 본 적이 없다.

게다가 아침마다 병원 복도는 매우 북적인다. 불편한 몸으로 아침 운동을 하는 환자들과 환자들의 보행을 돕는 간병인들로 인해 병원 복도가 좁게 느껴진다. 관찰 결과, 이들에게는 몇 가지 특징이 있다. 첫째, 표정에 감정이 제거되어 있다. 입원 생활은 고통스러우면서도 오래될수록 단조로울 수밖에 없기에 감정을 표현하는 일이 점점 어려워지는 것 같다. 둘째, 환자들의 어깨가 한결같이 어느 방향으로든지 한쪽으로 기울어져 있다. 허리가 약간 굽어서 몸이 앞으로 기울어져 있는 사람도 있다. 간혹 척추를 곧추세우고 어깨를 반듯이 펴서 걷는 환자를 보면 따라가서 그의 지난 삶을 물어보고 싶어진다. 그런 충동이 일만큼 바르게 걷는 사람이 드물다.

인생의 승자는 누구일까? 어쩌면 마지막까지 스스로 직립보행을 할 수 있는 사람일지도 모른다. 결국 삶이 끝나 가는 지점에서 돈이 얼마나 많은지, 혹은 어떤 직책에서 명예를 누렸는지는 중요하지 않다. 그동안 당연하게 여겨 왔던 두 발로 꼿꼿이 서서 걷는 일이야말로 중력을 거스르는 획기적인 전환점이 아니었을지 생각해 본다. 인류는 언제부터 직립보행을 하게 되었는지 인공지능에게 물어보았다. 간병인이 되어 생긴 시간적 여유를 나는 온통 이런 궁금증을 해결하는 데 사용하고 있었다.

인류가 직립보행을 시작한 시기는 수백만 년 전이란다. 인류의 조상은 급격한 기후 변화로 더 이상 나무 위에서 살기 어려워지면서 땅 위로 내려왔다고 한다. 건조한 열대 초원에서 살아남기 위해서는 적을 미리 보아야 했는데, 기린처럼 목을 갑자기 늘일 수는 없었을 테니 두 다리로 서서 걷기는 살아남기 위한 선택이었을 것이다. 직립보행은 다리로 간 혈액을 머리끝까지 돌리기 위한 심장 기능 강화와 몸을 지탱할 수 있도록 발과 다리, 골반, 척추를 진화시켰다. 인간은 마침내 손의 자유를 얻었고, 그에 따라 도구를 만들 수 있게 됨으로써 날카로운 이빨이나 사나운 손발톱 없이 초원에서 살아남았단다. 결국 인류가 직립보행을 하게 된 계기가 자연환경의 척박함으로부터 비롯된 것이니, 앞으로 맞게 될 급격한 환경 변화에 또 어떤 진화를 거듭하게 될지 궁금하다.

문득 지금 직립보행을 할 수 없는 사람도 어떤 변화를 계기로 걸을 수 있게 되면 좋겠다는 생각이 든다. 엄마의 다리는 거의 퇴화되었지만 두 팔은 멀쩡하다. 그러니 팔로 땅을 짚고 다리를 위로 뻗어서 걷는 걸음은 가능할지도 모른다. 뿌리가 하늘로 뻗은 듯이 보이는 바오밥나무처럼 엄마가 물구나무를 서서 거꾸로 걷는 엉뚱한 상상을 해 본다. 아프리카의 메마른 땅에서 살아가는 바오밥나무의 수명이 수천 년이나 되는 것은 바로 그 나무가 식물이 자라기 힘든 척박한 환경에서 자라기 때문이란다. 오랜 건기를 견딜 수 있도록 나무는 커다란 몸통의 가운데를 비우고, 거기다 물을 저장하는 방법을 깨쳤다고 한다. 인간도 직립보행이 불가능해졌을 때, 새롭게 걸을 수 있는 묘법이 생겨났으면 좋겠다.

인생의 끝에서 만나는 성적표는 그 무엇도 아닌 직립보행 여부라는 생각에 몰두해 있는데, 엄마 보호자를 부르는 의료진의 목소리가 들렸다. 퍼뜩 몸을 일으켜 세웠다. 나는 그동안 잘 살아왔음을 증명이라도 하듯 의식적으로 척추를 곧추세우고 또박또박 진료실 안으로 걸어 들어갔다.

나에게도 직립보행을 할 수 있는 오늘이 더없이 감사하다. 바르게 걸을 수 있는 것도 노력의 결과이지, 당연히 얻은 것은 아니다. 우리 몸은 잠시만 방심해도 어딘가로 기우니까 말이다. 지금 당당하게 직립보행을 할 수 있는 것만으로도 내 삶의 성적표는 부끄럽지 않다. 아직은 살 만한 세상이다.

고통, 그리고 존재에 관한 질문

죽음을 선택하는 사람들이 있다. 그들은 자신이 원하는 방식으로 삶을 마무리하고 싶어 한다. 얼마 전, 친구와 프랑스 화가인 베르나르 뷔페의 작품 전시회에 갔다. 화가는 파킨슨병으로 더 이상 그림을 그릴 수 없게 되자 비닐봉지를 얼굴에 덮어쓰고 스스로 생을 마감했단다. 마치 죽음 자체가 최후의 예술 작품인 것처럼, 마지막으로 쓴 검은 비닐봉지에 자신의 사인을 남겼다. 그는 자신의 예술 표현을 통해 인간 실존에 어떤 질문을 던지고 싶었던 걸까?

존재의 기본값은 기쁨일까, 고통일까? 자주 나 자신에게 질문한다. 어쩌면 우리는 이미 답을 알고 있으면서, 삶은 원래 행복한 것인 양 자신을 속이면서 살고 있는지도 모른다. 불교에서는 인간이 존재한다는 것 자체가 고통이라고 말한다. 불교 교리는 인간이 겪는 고통을 여덟 가지로 나누어 설명하고 있는데, 그중에는 늙고, 병들고, 이별하고, 죽는 것뿐 아니라 태어나는 것도 있다. 그러니 세상을 끝없는 괴로움이 가득한 바다, 즉 '고해'라는 말로 비유한다. 그렇다고 세상에 기쁨이 없지는 않을 것이다.

김지수의 인터뷰집 『자기 인생의 철학자들』이라는 책 속에서 파독 간호사 출신으로 독일의 국립조형예술대학의 교수이기도 했던 노은님은 행복을 이렇게 정의한다.

"행복이 뭔가요? 배탈이 났는데 화장실에 들어가면 행복하고, 못 들어가면 불행해요. 막상 나오고 나면 아무것도 아니죠. 행복은 지나가는 감정이에요."라고 말이다. 생각할수록 명쾌하다. 그가 왜 '생명의 화가'라고 불리는지 알 것 같다. 그는 작품 속에서 물고기와 새, 꽃 등에 거침없는 자기만의 방식으로 생명을 불어넣고 있어서인 듯하다.

기쁜 순간은 잘 기억나지 않는다. 아무리 기다리다 맞이한 기쁨도 지나가고 나면 그뿐이다. 기쁨은 순간을 지배하지만, 슬픔은 오래도록 스며든다. 그래서 인간은 기뻤던 일보다 슬펐던 일을 더 잘 기억하고 고통스러워한다. 불교 용어를 빌려 생각해 보면, 존재한다는 것 자체가 고통이므로 삶은 대체로 슬픈 게 당연하다. 그러다 가끔 기쁘거나 작은 행복을 느끼면, 그 순간에 감사하며 살면 된다. 우선 인생이 아름다워야 한다는 강박에서 벗어날 수 있으면 좋겠다.

베르나르 뷔페 전시를 함께 둘러본 친구가 이런 이야기를 들려주었다. 자신의 지인인 34세 청년이 설암 말기 선고를 받았단다. 지리산 언저리에 살던 그 청년은 완치되기 어렵다고 판단하고 치료에 전념하는 대신 날마다 친구들을 불러 이별 파티를 벌였다. 그리고 얼마 후 별처럼 사그라졌다고 한다. 치료를 거부하는 사람들은 병이 주는 고통에 휘둘리지 않고 존엄하게 삶을 마감하고 싶었을 것이다. 치료를 거부했다고 해서 죽음이 두렵지 않은 건 아니었을 텐데, 곁에 가족이 있다면 이런 선택이 더욱 고통스러웠을 것이다. 이 청년의 암 치료 거부 결정을 가장 아프게 지켜보았을 사람은 당연히 가족이다. 가족 간의 유대가 강한 우리 사회에서는 죽음에 대한 선택조차도 개인의 결정보다는 가족이라는 관계 속에서 규정될 수밖에 없다.

사람은 자신을 위해서도 살지만 타인을 위해서도 아픔을 끝까지 버티고 견딘다. 자식은 엄마 때문에, 엄마는 자식 때문에라도 삶을 애써 이어 가기도 한다. 인간이 결국 순환하는 자연으로 돌아가야 할 일부임을 인정한다면, 인간이 굳이 스스로 생명에 대한 선택을 미리 할 필요가 있을지 의문이다. 자연은 적어도 자신의 마지막을 선택하지 않는다. 그냥 받아들인다. 문제는 아픔이다. 육체에 깃든 정신이 함께 서서히 사그라지면 좋으련만, 육체를 가진 인간의 숙명은 정신과 육체의 노화가 달리 올 때 더 큰 고통을 겪는다. 치매에 걸리거나 정신이 혼미해졌어도 육체는 건강할 수 있다. 나는 그동안 치매가 가장 두려운 병이라고 생각해 왔지만, 그 반대인 정신은 맑은데 육체가 꼼짝도 못 하는 경우 또한 고통스럽긴 마찬가지다. 엄마도 지금 아주 맑은 정신으로 자신의 고통을 낱낱이 바라보아야 하는 고해를 건너고 있다. 그래도 엄마는 여전히 자신의 생에 감사해한다. 구순의 엄마가 자신의 생을 미워하지 않을 때까지는 살아 있으면 좋겠다.

함께 퇴직한 친구가 퇴직과 동시에 자궁암 말기라는 소식을 접했다. 오 년 전 유방암 수술을 받은 후 겨우 안정기에 접어들 즈음에 받은 소식이라 더 손끝에 힘이 빠진다.

친구가 말했다.

"너무 헛헛하다. 그간 행복을 미루고만 살았는데, 참 알 수 없는 게 인생인 것 같아."

친구는 애써 담담한 듯 말했다.

병원 침상에서 환자복을 입고 앉아 TV를 보고 있는 엄마의 눈동자가 딱히 화면을 바라보고 있지는 않다. 엄마도 어느 먼 곳에 두고 온 차마 누리지 못한 행복을 응시하고 있는 걸까, 아니면 힘들었던 삶의 골짜기를 다시 오르내리고 있는 걸까. 엄마의 표정이 묘하다. 엄마의 신장기능검사 결과, 기능이 30%밖에 안 남았단다. 신장내과 의사는 지금부터 약을 줄여야 하는데, 특히 진통제를 줄이고 고통을 버티면서 신장을 관리하라고 한다.

수명 연장이냐, 고통 완화냐? 이것이 문제이다. 그 어떤 것도 정답은 아닐 듯하다. 엄마가 사는 날까지 고통을 조금이라도 덜 느끼고 살다가, 존엄을 유지한 채로 자연스럽게 소멸했으면 좋겠다.

내 생각을 알아챘는지 링거줄을 주렁주렁 매단 엄마가 나를 돌아보며 말했다.

"그래도 내일이 있어서 행복하다."

나는 조금 웃어 보였다. 어떤 상황에서도 인생은 살아갈 만한 것일 테다.

지하 승강기 앞에서 흰 천에 싸인 시신 한 구와 맞닥뜨렸다. 내가 죽어도 마주치고 싶지 않은 장면인데, 그 시신을 따라가는 두 중년의 표정이 너무 담담해서 눈길을 잡아끌었다. 나의 죽음을 슬퍼해 줄 사람이 몇 명일까를 속으로 헤아려 본다.

이제, 날아오르자

학교를 몰래 빠져나왔다. 남에게 눈물을 보이기 싫어서다. 마지막으로 퇴근하는 날, 좀 울면 어때서 굳이 도망쳐 나왔을까. 불편한 장면을 마주하고 싶지 않아, 나는 또 회피 전략을 선택했을 것이다.

며칠 후, 젊은 선생님 몇 명이 집 앞으로 찾아왔다. 비가 쏟아지고 있는데, 우산을 받쳐 들고 그림처럼 어여쁜 모습으로 서 있었다. 그들이 들고 온 수제 케이크에는 '오늘을 달리는 소녀'라는 제목의 그림이 그려져 있었다. 그림이 통째로 케이크가 되어 다시 태어난 듯한 모습이었다. 그림 속에는 나이를 가늠할 수 없는 소녀가 붉은 열매가 가득한 나무 아래에서 자전거와 함께 서 있다. 이 케이크는 아마도 작년에 신규 교사로 발령받은 새내기 미술 선생님의 선물인 듯했다.

무엇보다 감사한 선물은 젊은 국어 선생님과 수학 선생님이 수줍게 내 눈앞에 내민 그림책 한 권이었다. 이소영 작가가 그리고, 허정윤 작가가 쓴 『이제, 날아오르자』라는 그림책이었다. 집 근처 카페로 옮겨 가서 소리 내어 함께 그림책을 읽었다.

그림책의 주인공은 날지 못하는 사람이나 동물들을 하늘로 높이 날아오르게 해 주는 '그네'이다. 그네는 땅에서 느끼지 못하는 새로운 바람과 풍경, 하늘을 나는 추억을 모두에게 선물해 준다.

"자, 날아오른다!"

젊은 국어 선생님이 감정을 넣어서 읽었다.

그네는 타인의 엄청난 몸무게를 지탱하며 그를 위해 날아오르기는 해도, 정작 자신을 위해서 스스로 날아오르지는 못한다. 나뭇가지가 부러져 그네가 쓰임을 다한 순간이 다가왔다. 곰, 날개를 다친 새, 흙바닥을 기어다니던 뱀, 토끼, 고슴도치까지 숲속 동물들은 그네로부터 누려 온 위로의 시간을 되돌려 전해 주려고 노력한다. 묵묵히 한자리에서 타인을 위해 날아올랐던 그네에게 깃털을 모아 날개를 만들어 줌으로써 끝 모를 비상을 하도록 도와준다.

나 자신에게 다가온 메시지는 바로 이 문장이었다.

"수고했어. 우리가 너를 태워 줄게."

이 문장을 입안에서 굴리다가 밖으로 내보내니, 그네가 되어 하늘로 비상하는 느낌이 들었다. 나도 모르게 눈물이 또르르 흘러내렸다. 젊은 선생님들 셋은 나보다 먼저 울고 있었다.

내가 누군가를 위해서 눈물을 흘렸던 적이 언제였던가? 나를 응원해 주는 눈물을 본 순간, 그들은 이제 내가 선배로서 늘 뭔가를 가르쳐 주어야 하는 후배 교사들이 아니었다. 바로 나의 동료이자 친구로 느껴졌다.

늘 날아올랐다가 제자리로 돌아와야 했던 그네처럼, 내 삶도 늘 날아오르는가 싶다가도 언제나 제자리였다. 나에게 하필이면 『이제, 날아오르자』라는 제목의 그림책을 선물해 주다니. 비상할 용기를 주고 싶어 서점 구석구석을 기웃거리며 그림책을 골랐을 그들이 고맙다. 날개가 부러진 것처럼 우울함에 잠식당한 나에게 희망을 선물해 주고 싶어 하는 그 여린 마음들이 나를 울게 했고, 함께 울어 준 그들의 다정함이 나에게 비상할 수 있는 날개를 만들어 주었다.

위로를 전하는 다정한 손길들이 또 있었다. 바로 오랜 시간 함께 해 온 학부모 독서회 어머니들이었다. 며칠 전, 몰래 학교로 커피 차를 보내 주어서 마치 내가 연예인이라도 된 것 같은 기분이 들었다. 그뿐만 아니라 발레복과 발끝으로 설 수 있는 토슈즈도 선물해 주었다. 내가 발레를 배우고 싶다고 한 말을 스치며 듣지 않고 기억해 준 것이다. 『이제, 날아오르자』의 숲속 친구들이 그네에게 깃털로 날개를 짜서 달아 준 것처럼, 내가 이 발레복을 입고 날아오르라는 마음인 것 같다.

독서회 어머니들과는 처음에는 학교 행사로 만났지만, 지난 십 년 동안 한 달에 한 번씩 책을 읽고 속내를 나누면서 친구가 되었다. 어떤 이는 그동안 책 읽기가 갱년기 우울증을 극복하는 데 도움이 되었다고 했다. 또 가족 문제나 미처 돌아보지 못했던 자신의 감정과 상처를 마주할 수 있게 해 주었단다. 정작 고마운 건 나 자신이다. 나 또한 한 달에 한 권 이상의 책을 깊이 있게 읽으려 애써 왔으니, 십 년이라는 세월 속에서 유동하는 에너지가 어머니들과 나 사이를 오가며 가득 채워 주고 있음을 느낀다. 이제 책으로 만난 사람들과 서로를 응원하며 함께 걸어가는 원숙한 노년의 삶도 꿈꿔 봄 직하다.

집 근처 발레 학원에 가서 수업 안내를 받았다. 발레복을 걸어 두고 날마다 바라본다. 발레복은 노화가 진행되고 있는 내 몸이 감당하기에는 사치일 수 있다. 어떤 욕망은 없애기보다는 달래야 한다. 자유롭게 날고 싶은 나의 욕망을 충족하기에 발레복과 토슈즈만 한 것이 또 있을까 싶다. 저 신발을 신고 발끝으로 서려면 비틀거릴 수도 있고 넘어지기도 할 것이다. 그러면 어떤가. 아픔도 어느 순간 굳은살이 생기고 나면 아무렇지 않게 되기 마련이니, 고통이나 슬픔마저도 회피하지 말자고 다짐한다. 괜찮아지려고 너무 발버둥 치지도 말고, 있는 그대로의 나를 긍정하는 게 먼저일 것이다.

이제 떠날 결심이 섰다. 나를 둘러싼 그 모든 슬픔으로부터. 엄마의 슬픔도 온전히 마주할 용기가 생겼고, 엄마가 진정으로 원하는 것이 나의 행복이라는 확신도 섰다. 신발 끈을 동여매고 문밖으로 나설 준비가 되었다.

호흡을 크게 한 번 하고,

이제 날아오르자.

협성문화재단
NEW BOOK
프로젝트 총서

엄마와 헤어지는 중입니다

초판 1쇄 발행 2025년 02월 01일

지은이 이강선
발행처 (재)협성문화재단
　　　　부산광역시 동구 충장대로160
　　　　협성마리나G7 B동 1층 북두칠성도서관
　　　　T. 051) 503-0341　　　F. 051) 503-0342
제작처 부크럼 출판사
　　　　T. 070) 5138-9971　　　E. editor@bookrum.co.kr

ISBN 979-11-6214-523-4 (03800)